无穷的远方，无数的人们

王开岭——著

王开岭现实主题散文选——

新闻叙事·理性精神
时代焦点·批判思维

北方联合出版传媒(集团)股份有限公司

万卷出版有限责任公司

图书在版编目（CIP）数据

无穷的远方，无数的人们 / 王开岭著. -- 沈阳：
万卷出版有限责任公司，2024. 8. -- ISBN 978-7-5470
-6453-5

Ⅰ. I267

中国国家版本馆CIP数据核字第202432PE26号

出 品 人：王维良
出版发行：北方联合出版传媒（集团）股份有限公司
　　　　　万卷出版有限责任公司
　　　　　（地址：沈阳市和平区十一纬路29号　邮编：110003）
印 刷 者：辽宁新华印务有限公司
经 销 者：全国新华书店
幅面尺寸：145mm×210mm
字　　数：280千字
印　　张：11
印　　数：1—10000册
出版时间：2024年8月第1版
印刷时间：2024年8月第1次印刷
责任编辑：胡　利
责任校对：张　莹
封面设计：仙　境
版式设计：李英辉
ISBN 978-7-5470-6453-5
定　　价：58.00元
联系电话：024-23284090
传　　真：024-23284448

你看见了什么

——文学的视线与视力

1

一直被问及：为什么写得那么少？

处女座的毛病在我这儿应验得很，挑剔，纠结，完美主义，落在一个写作者身上的后果就是苛求和慵懒，动笔少，哪怕如散文这般清淡随性的文体。

我不是一个密集性写作的人，我需要很强的动力和刺激，我须等某桩灵魂事件悄然降临，让一次写作成为"必须"和"非你莫属"才行。在我看来，每次写作都有唯一性，你要决意给读者隆重地呈上一个东西，并找到进入的角度和语境，不仅要贡献故事、话题和思考，还要贡献语言、结构和文本，否则没必要动工。尤其在这个集体创造力和言说欲望爆棚的时代，真正独属于一个人的原创，且有公共分享价值的东西，其实并不多。在民间，在网络江湖，偶尔码字却出神入化的妙手和片段表达者比比皆是，而所谓作家，或许在于他是一个稳定的长期自语者并有技术优势，其中强者，自有一块肥沃的价值观土壤和信仰系统，以耕种他的四季和庄稼。但所有这些，并不能成为一个人不停写作的理由，除非这世界太冷清了，太荒凉了。

虽这样说，但并不妨碍我对高产同行的羡慕，羡慕他们对文字的热情和欲望，羡慕他们把写作变成了生活。正如我不是一个容易快乐的人，但见别人情形相反——快乐无需理由、不快乐才需要，我仍是羡煞。

每次写作，我都要在起点上费力地说服自己，去博一个授权。从十多年前起，差不多每年只有一篇东西了，尤其近年，世道凉辛，愈发疏笔。

2

散文有许多种，我只说自己这种，准确地说，是收入该集子里的这种，我附了个标签："公共主题散文"。

什么意思呢？大概在我看来，在所涉内容上，其时间性和社会性更浓重些吧。

虽说散文无边界，但中国散文还是有一个强大的浪漫传统的，即对诗性和闲适的追随，对风物美学、时令雅习、天伦情态等"永恒"主题的执着，或者说，它是偏"内向"的。这般做，有益于内心的富足和安稳，挣脱了时间，也规避了冲突。

相比之下，我则显得外向和理性了，较之浪漫，我更偏倚于现实；较之私人意义，我更倾向于公共价值。

多数时候，驱动我写作的，是对一个时代的观察和吁求，是一个人的发现力和思考力。或许天性吧，我是个敏于社会震颤、危机意识和公共参与感比较强的人，类似那种睡眠时极易被远处声响所惊之人。加之长期的新闻职业，我对社会矛盾和群体困境比较关注，严格地说，我的多数写作都是一种"问题式"写作，这和奥威尔的那个习惯有点儿像。动笔前，我要反复问自己：为什么要写？是什么惊动了你？你有什么东西要披露？

3

"选题"，最反映一个人的注意力——生活注意力和精神注意力。人和人之不同，很大程度上乃生命注意力之不同。

所以，当年给央视一档社会新闻节目冠名时，我说就叫《看见》吧。在这个纷攘的时代，你看见了什么，选择了什么来表达，即说明你是什么，你属于你关心的事物。"目光"即一个人的名片。最塑造一档新闻节目，奠定其特质和识别度的，是选题。

我常对同事说：选题，其实是第一价值观，你是怎样的人，决定了你有着怎样的视野、怎样的视线和视力。比如鲁迅，他和自己的时代同行之最大区别，就是选题，你看看鲁迅的注意力，就明白他的孤单了，就知道他和林语堂、梁实秋们的不同了。再比如20世纪80年代的文学，和当下文学的一个重要差异，即在于选题，某种意义上，那拨作家都有着记者的特征，他们执于那个时代最重要的东西，执于文学的"现实"与"有用"，不仅记录，且寻求改变。而当下文学，灵巧地绕开了很多东西，技术性写作居多，私人意义至上。

4

有次去鲁院，给一期作家班学员讲座，他们提了个问题：散文能不能虚构？或者说，虚构之后还叫不叫散文？

我说，当然能虚构，但你为什么非要虚构呢？

我说这个时代已经被虚构得近乎虚脱了。媒体在虚构，影视在虚构，历史在虚构，网络在虚构，自我也在虚构（你的微信朋友圈本质上不是一种自我修饰和自我美化吗）……时代货架上，大部分都是虚构性产品，社会消费极度单一。既然如此，非虚构岂非一种稀有品质？而这，不正是散文的机会吗？散文不是以追求"确定性""可信性"立身的吗？

说到底，这个时代，虚妄的成分太多，多得让人恐慌。

相反，真实的太少，"有用"的东西太少。若"现实"太缺席，则"虚构"无意义。

社会太难了，而文学太悠闲，悠闲得近乎无聊。

时代太累了，而文学太舒适，舒适得近乎腐败。

曾经，和一位中文系教授调侃，我说为何那么多人钻研鲁迅，却少有人去做鲁迅做过的事呢？或像鲁迅一样做人？我们培养了千千万万熟悉鲁迅的人，却罕见和他精神相像之人……这样的研究和教学有意义吗？

此即"无用"的教育，"无用"的学术。"鲁迅"，不过是一个饭碗。久之，鲁迅便成了一个"虚构"，一个脸谱，一个彻底和现实无关的人。

其实，鲁迅的文学力量和精神价值皆在于他追求"有用"。

我不反对散文的虚构，更不排斥文学的闲适，我只担心一件事：只剩下它们了。

5

针对我做过的央视《看见》节目，我曾这样解释：

"看见"有两个维度：一则看见什么，一则怎样看见。前者代表了价值观，反映着注意力；后者是方法，是进入一件事的角度和路径。比如在一只果盘里，你选择了梨子，这说明了你的口味、欲望和价值取向，接下来，便是你如何削梨子，手法各异，吃法不同……

我参与的节目几乎都在做这样一种努力：新闻的人文化。我的主张是：看见别人未看见的东西，发现隐蔽而深刻的生活，把一桩新闻事件上升为精神事件，从而为时代观察提供一道新鲜的刻度。做深夜节目《社会记录》和《看见》时，每天开选题会，听编导们报题并力陈"为什么是它"，我的标准是：第一，它是否是"新生事物"，即发生得不早不晚，恰值当下。第二，你要测量一下它的意义和重要性，它在社会生活中的位置，你要试着在时代沙盘上将其标出来。第三，它看起来是否"性感"，直觉足矣，就像大街上瞅美女。"性感"，不仅仅是艺术，也是好新闻的一个特征。

后来醒悟，这些筛选社会新闻的标准，竟也是我文学选题的尺度和方法。比如，世纪之交，我写了观察医患关系的《白衣人：当一个痛苦的人来见你》；2003年非典暴发，我写了《果子狸，窦娥冤》；"房奴"一词诞生的2006年，我写了《一个房奴的精神大字报》；2008年汶川大地震，有了《我们无处安放的哀伤》；北京雾霾最重的2013年，有了《这个叫"霾"的春天》；新冠疫情期间，《蒙面的春天》问世；而从本世纪初开始，针对城乡改造、水土污染、环境伦理、动物保护、食品安全等话题，陆续写了《每个故乡都在消逝》《再见，萤火虫》《消逝的"放学路上"》《江河之殇》《荒野的消逝》《对动物权利的声援》《生活在险境中》《大地伦理》……

某种意义上，这些皆可谓"公共事件"和"新闻选题"。其实，较之"永恒"题材，此类写作很不讨巧，事过境迁，话题易褪色，认知上也有落伍之虞，故我在文末都要郑重地署一个日期，以示背景，尤其让年轻人了解父辈的那个时代。

　　感慨的是，彼时的大部分"新闻"至今仍非"旧闻"，或不断生出新的变种，作品迟迟不过时，也支持了我的惰性。

　　说不清，这些年，我是用文学的方式做新闻，还是用新闻的方式做文学。

　　虽写得少，但我把文学看得比什么都重，比任何时候都重，且越来越清晰地听到它的召唤。写作的最大诱惑是一个人说了算，无需审批和各方同意，也不需要合作，说到底：自由！艺术的本质是自由，理想主义的核心是自由，生命的意义和幸福感也指向自由，若不消费自由，不信仰自由，不保卫自由，文学还有必要和尊严吗？

　　自由地表达，单独干一件干净的事，天底下，这样的美事不多。

　　鲁迅说："无穷的远方，无数的人们，都和我有关。"这是大使命，更是大自由。

王开岭

2024 年 1 月

目录
Contents

第二辑
纪念原配的世界和流逝的美

第三辑
生活和准备生活是两回事

第四辑
精神自治

第 一 辑

从新闻事件
到精神事件

我们
无处安放的哀伤

　　是的，正因为那一个个"川"，才有了你的曲线和妖娆，才有了你深寺的桃花、竹林的茶香、马帮的铃声、雪山的梦境……知道吗？你的美曾让我神魂颠倒，感动得我泪流满面。然而今天，这美竟成了天堑，成了饕餮之口，成了生离死别、咫尺千里的险阻，成了让人诅咒的墓穴……当然，这不是你的错。其实，我只是不敢正视你的罪。

　　是的，大地，我不恨你，即使你犯了天大的错。我只能不可救药地爱你，别无选择。

如果不相信灵魂不死，我们何以堪受这样的悲恸和绝望。

—题记

1

它是怎么来的？

5月12日，央视南院。那个阳光还算灿烂的下午，正在餐厅淘影碟，有人突然闯进来，表情怪异：地在动？动？

回到楼上，各栏目间已嘈杂一团，所有人都站着，手机、座机不停敲键，成都、绵阳、都江堰……听筒里传来的全是沉寂、空荡、可怕的盲音，这是生死未卜的盲音，这是与世隔绝的盲音……至今，这盲音仍幻听般住在我耳朵里。

那是生命突然失明的感觉，它让你怀疑时空的真实性。

远方，远方怎么啦？难以置信的集体失踪！那股空白和哑默，是科幻片里才有的恐怖……你甚至觉得并非对方有问题，而是自己遭遇了不测。是的，我们被远方抛弃了，开除了，遗忘了。

没任何预兆，在最意想不到的时候。大半个中国被袭击。

我们目瞪口呆。

一时间，忘了奥运火炬往哪儿传，传到了哪儿。

几天后，有人这样描述那一刹的降临："家门口，常有载重大货车过往，12号午后，又一阵轰隆隆，隔壁老曾没遇到这么大的动静，正准备出来骂街，没到门口地就晃了……事后才知，是北川那边的山塌了。"

所有活着的人，都只剩下一个身份：幸存者。生死存亡，简单到了无以复加的地步，仅仅因为距离，因为你脚踩的位置，因为你恰好走到了某处。

我突然看清了一个事实：人生，很大程度上不过是"余生"。

我不会忘记那幅照片：一只石英钟睡在瓦砾间，指针对准14时28分。

这是它扔下的第一个夜晚。守着电视待到天亮，我觉得入睡是可耻的。我知道，这个大雨滂沱的夜里，很多人会死去，很多灵魂会孤独远行……这样的夜，和一亿年前的夜没区别，冰冷无声，没有光亮，没有站着的东西……这样的夜，他们应有人陪。

13日下午，给已飞赴灾区的同事发了条短信：人最容易夜里死去，给废墟一点声音、一点光，哪怕用手机，让生命挺到天亮……

汶川、北川、青川……中国版图上，没有谁像你镶嵌如此多的"川"字，然而现在，正是这一个个"川"，刺痛着泪腺和肋骨。知道吗，就在不久前，我还在《中国国家地理》"新天府评选"的对话中，大肆谄媚你天堂般的诗意，滔滔不绝以你为例，鼓吹"'天府'就是沃土和乐土，就是全世界乞丐和懒汉都向往的地方……"想想忍不住脸红，你就这样羞辱了我。

是的，正因为那一个个"川"，才有了你的曲线和妖娆，才有了你深寺的桃花、竹林的茶香、马帮的铃声、雪山的梦境……知道吗？你的美曾让我神魂颠倒，感动得我泪流满面。然而今天，这美竟成了天堑，成了饕餮之口，成了生离死别、咫尺千里的险阻，成了让人诅咒的墓穴……当然，这不是你的错。其实，我只是不敢正视你的罪。

是的，大地，我不恨你，即使你犯了天大的错。我只能不可救药地爱你，别无选择。

2

窗外，一排粗壮的白杨，密匝的枝头几乎贴到了玻璃。这些天，每见这些无动于衷的叶子，我总会想，在川西，在那 10 万平方公里的震墟上，最高者莫过于这些树了吧。想着想着，就会发呆，眼前掠过一些景象。

这个五月，一个人要想掩饰泪水实在太难。

我为那些来自前方的哭诉而流泪：消失的山峦，消失的村寨，消失的炊烟，消失的繁华……无数个家叠在了一起，叠成薄薄的一层瓦砾，肉眼望去，城墟一览无余。一条条川路被拧成了麻花，裂口深得能埋下轮胎，几千公里的盘旋路上会盘旋多少车？那一天，几乎没有车辆能到达目的地。

我为那些随处可见的情景而流泪：瓦砾上，一群无精打采的鸽子，一只不知所措的小狗的眼神，它们像忧郁的孤儿；天在哭，一位母亲站在废墟上，撑着伞，儿子被整栋楼最重的十字梁压住了，只露出头，母亲不分昼夜地守着；一位丈夫用绳子将妻子遗体绑在背上，跨上破旧的摩托车，他要把她带走，去一个干净的地方，男女贴得那么实，抱得那么紧，像是去蜜月旅行。

我为那些声音而流泪：一个 10 岁女孩在废墟下坚持了 60 小时，被挖出 10 分钟后去世，凋谢之前，她说"我饿得想吃泥"；教学楼废墟上，由于坍方险情，救援被命令暂停，一位战士跪下来大哭，对死死拖住他的同伴喊："让我再去救一个！求你们让我再救一个！"

我为那些永远的姿势而流泪：巨石下，男子的身体呈弓形死死罩着底下的女子，女子紧抱男子，两具遗体无法拆散，只好一起下葬。一位中学老师，撑开双臂护在课桌上，这个动作让四名学生活了下来……

我为一排牙印而流泪：当一具具遗体入土时，一个小姑娘哭喊着冲出封锁线，士兵上前劝慰，突然，小姑娘抓起了一只胳膊，猛咬下去，胳膊一动没动，小姑娘又拔出胸针，对着它狠狠扎下……事后，士兵说，"如果我的痛能减轻她的痛，就让她咬吧。"

我为最后的哺乳而流泪：一个年轻的妈妈蜷缩着，上衣向上掀起，已停止呼吸，怀里的女婴依然含乳沉睡，当她被轻轻抱起、与乳头分开时，立即哇哇大哭……

我为那些伟大的诀别而流泪：震墟下，李佳萍鼓励身边的学生，一定要坚持，活下去，人生很美好……当预感自己快不行的时候，她用尚能活动的手，把另一只手上的戒指摘下，塞给离她最近的邹红，"如果你能活出去，把它交给我先生，告诉他和女儿，我爱他们，想他们。"杨云芬，一位被轮番救援几十小时的婆婆，在自感无望时，哀求大家不要再徒劳，去救别人，被一次次拒绝后，她用玻璃割破手腕，吞下金饰……在我看来，这份放弃和决不放弃，同等伟大。

我为那些天真而流泪：一个只有几岁的漂亮男孩，在被抬上担架后，竟举起脏兮兮的小手，朝解放军叔叔敬了个礼。一个叫薛枭的少年，被送上救护车时，竟对周围说："叔叔，我想喝可乐，要冰冻的。"面对这些未褪色的稚气，我总想起某首老歌，"亲爱的小孩，今天有没有哭，是否朋友都已经离去，留下了带不走的孤独……是否遗失了心爱的礼物,在风中寻找,从清晨到日暮……"其实,我最想说的是,孩子,你们不需要太坚强,不坚强也是好孩子。

我为走远的读书声而流泪:14 时 28 分,这是个最威胁课堂的时刻。地震最大的伤口,最大的受难群,就是书包。聚源中学的风雨操场,成了五月中国最大的灵堂,孩子的遗照挂满了天空,像一盏盏风筝组建的班级。映秀镇小学校长的头发一夜间白了,他的四百个孩子,只剩下了百余人,镇上的长者哀叹,下一代没了……

我还为一名乞丐流泪:某地大街上,捐赠箱前来了个残疾人,他只有半个身子,撑一块木板滑行,大家都以为他只是路过,可他竟然停住了,举起盛满碎币的缸子……看这幅图片时,我心头猛然揪紧,"5·12"之后,这世上又要增添多少拐杖和轮椅啊,可敬的兄弟,你是在帮自己的同路人吗?

我还为那最后的遗憾而流泪:陈坚,这个被压了 70 多小时的汉子,这个在电视直播中脱口"各位观众各位朋友,晚上好"的人,这个戏称"世上第一个被三块预制板压得不能动弹"的人,这个在电话连线中告诉孕妻"我没啥远大目标,只想和你平淡过一辈子"的人,这个不忘为救援队喊"一、二、三"助威的人……就在被挖出、被抬上担架不久,竟再也不理睬他的观众了。

一位军医撕心裂肺地喊:陈坚,你这个混蛋,为什么不挺住不挺住啊!

是的,这是肉体对精神的背叛,本来我们以为它们是一回事,可实际上不是。两者一点也不成正比。肉体甚至像一个奸细,在我们最以为胜券在握的时候发动偷袭。

是的,我们哭得那么伤心,像一群被抛弃的孩子,像失去了最熟悉的亲人。是的,如果你活下来,你将创造一个完美的奇迹,你将以一场神话般的胜利拯救这些天来人类的自卑和虚弱,你将感动全世界,不,你已经感动了全世界。

想起了一句话:即使死了,也要活下去。

放心吧,陈坚,今后的日子里,我们替你活着,生活你的全部。

人可以被毁灭,但不能被打败。

3

我为一座县城的湮灭而流泪:北川。

这个像火腿面包一样、被两片山紧紧夹住的城池,这个曾地动山摇、草木失色的地方,由于受损严重、山体松弛和堰塞湖之险,其废墟已无重建可能。从 5 月 21 日起,这座有着 1400 年县史的栖息地,将全面封闭,所有灾民和救援队撤出。等待它的,很可能是爆破或淹没。

画面上,那幅"欢迎您来到北川"的牌子,刺疼着我。

别了,北川。没有仪式,来不及留恋,来不及告别。

撤离前，他们匆匆去家的瓦砾上，焚一叠纸，烧几炷香，挖一点可带走或自感重要的东西，一只箱子、一块腊肉、一兜衣物、一缕从亲人头上剪下的青丝……一个年轻人抱着一幅婚纱照，捂在胸前，表情僵滞地往城外走。我知道，这是他唯一的生命行李了。

同事告诉我，撤离途中，常会有人突然掉头跑向高处，只为最后看一眼县城、老宅和那些刚刚拱起的新坟……

我彻底懂了什么叫"背井离乡"。

前年，做唐山大地震三十周年纪念节目，曾看到一位母亲给儿子动情地描述："地震前，唐山非常美，老矿务局辖区有花园、洋房，最漂亮的是铁菩萨山下的交际处……工人文化宫里面可真美啊，有座露天舞台，还有古典欧式的花墙，爬满了青藤……开滦矿务局有自己的体育馆、带跳台的游泳池，还有一个有落地窗的漂亮的大舞厅……"

大地震的冷酷即于此，它将生活连根拔起，摧毁着我们的视觉和记忆的全部基础。做那组纪念节目时，竟连一幅唐山的旧图片都难觅。

震后，新一代的唐山人几乎完全失忆了。乃至一位美国人把他1972年途经此地时的旧照送来展览时，全唐山沸腾了，睹物思情，许多老人泣不成声。

故乡，不仅仅是一个地点和概念，它是有容颜的，它需要物象对称，需要视觉凭证，需要细节还原，哪怕蛛丝马迹，哪怕一井一石一树……否则，一个游子何以能与眼前的故乡相认？

有人说过，百万唐山人虽同有一个祭日，却没有一个祭奠之地。30年来，对亡灵的召唤，一直是街头一堆堆凌乱的纸灰。

莫非北川也要面临类似的命运？一代后人将要在妈妈的讲述中虚拟故乡的模样？还有那些不知亲人葬于何处的幸存者，无数个清明和祭日，他们将因拿不准方向而在空旷中哭泣，甚至不知该朝对哪一丛山冈……还有那些连一张亲人照片都没来得及挖出的人，未来的某个时分，他们将因记不清亲人的脸庞而自责，而失声痛哭……

遥知兄弟登高处，遍插茱萸少一人。

一代人的乡愁，一代人的祭日，一代人的哀伤……

我知道它何时开始，却不知它何时结束。

4

我将记住一位同事的号啕大哭。

5月21日，在绵阳通往北川的山道上，一个老人挑着筐，踽踽而行。余震不断，北川已临封城，记者李小萌在回撤途中，迎面看见了这位逆行者，他太醒目了，因为已没人再从他那个方向过来……老人很瘦小，叫朱元荣，68岁，家被震塌了，在绵阳救助点躲了一周后，惦念地里的庄稼，想回去看看。

李小萌劝老人别往前走了，太危险，可老人执意回去，"俺要回去看看，看看麦子熟了没有，好把它收了，也给国家减轻点负担。"

又从北川那边过来了两人，也挑着担，装着从家里刨出的一点吃食。他们也劝老人别回去，"那边危险得很"。

李小萌："你现在这些东西，是你全部的家当吗？"

男子："是，就这些喽。"

李小萌："你家人呢？有孩子吗？"

男子："死喽，娃儿都死喽。"

李小萌："那你妻子呢？"

男子："老婆，我老婆也死喽。"

李小萌："还有其他家人吗？"

男子："我妈，她也死喽。"

李小萌："一家四口，就剩你一人了？"

男子："就剩我一个喽。"

另一男子："他们死的死喽，我们活下的要好好活。"

两人与老人道声别，走了。

自始至终，他们的语调、神情都和老人一样，平静、轻淡，没一点多余的东西。

无奈，李小萌嘱咐老人把口罩戴好，路上小心。

走出了几十米，那背影似乎想起了什么，转过身："谢谢你们操心喽。"

孤独的扁担一点点远去，朝着空无一人的方向……几秒钟后，李小萌突然扭脸号啕大哭，那哭声很大、很剧烈，也很可怜……

当在电视上看到这几秒的哭时，我再次感到肩头发颤。虽然我已被它震撼过一回了，那是在编辑机房。事实上，小萌哭得比电视上更久更厉害，为"播出安全"，被剪短了。按惯例，那哭是要整个被剪掉的，可那天竟意外留住了。这是央视的幸运。

庄稼在那儿，庄稼人不能不回去——这是本分，是骨子里的基因，是祖祖辈辈的规矩。老人遵守的，就是这规矩。这就是事情的全部真相。

是啊，规矩就是真理。正是这真理，养活了无数的人，我，我们。

老乡们的平淡让我感动，李小萌的失态也让我感动。那哭是职业之外、纯属个人的，但它却让我对所在的职业充满敬意和幻想。

我还羡慕小萌，她终于不再隐瞒，不再克制，不再掩饰。

这些天来，我终于听到了自由的大哭。

哭和泪不一样。放声大哭，是灵魂能量的一次迸溅，一次肆意的井喷。

它安放了我们无处安放的哀伤。

5

一个在震墟上待了半个月的媒体同事说,回北京的第一个清晨,从昏睡中揉开眼,当隐约听到鸟叫,当看见窗帘缝中漏进的第一束光,他掩面长泣……

他说难以置信这是真的,昨天还是废墟,还是阴雨连绵,还是和衣而卧……他说受不了这种异样,这是完全不同的两种空气,没有粉尘,没有螺旋桨、急救车、消防车、起重机的尖厉与轰鸣;脚踩在地上,没有颤巍巍的反射……他说受不了这静,太腐败了,有犯罪感,对不住昨天仍与之一起的那些人,他说想再回去。

是的,我理解你说的。

是的,我们真的变了。从惊天动地的那一刹,生活变了很多。泪水让我们变得洁净,感动让我们变得柔软,撕裂让我们变得亲密,哀容让我们变得谦卑,大恸让我们变得慷慨,剧痛让我们对人生有了醒悟……72小时的黑白世界,让我们前所未有地体会到了那个早就存在的"生命共同体"的存在。

那么,我们还会再变回去吗?惯性会让我们原路折返——会再次把我们打回原形、收入囊中吗?哪一个更像我们自己,更接近我们的本来和未来?

祝福这个"共同体"吧,它不能辜负那么大的牺牲,不能虚掷那么高的成本和代价。

即使不能飞翔，即使还要匍匐，也要一厘米一厘米地前行。

2008 年 5 月 30 日

>>> 北京时间 2008 年 5 月 12 日 14 时 28 分，以中国四川省阿坝藏族羌族自治州汶川县映秀镇为震中，发生里氏 8.0 级强烈地震，8 万余人遇难，37 万余人受伤，为中华人民共和国成立以来破坏性最强、救援难度最大、灾难损失最重的一次地震。

蒙面的春天

对于人间，对于自负的地球文明，那是个怎样的春天呢？

一个寂静的春天，一个蒙面的春天，一个惨烈的牺牲的春天，一个彼此呼唤又充满敌意、同病相怜又相互诅咒的春天。

世界成了一座巨大病房，无数的呼号，无数的惊悚，无数的悲鸣，从各个角落，从千万间紧闭的窗户里飘出……瑟瑟发抖的我们，无从辨识，只能把一切消息翻译成坏消息，翻译成梦魇和世界末日。

又另："好想回到那个不戴口罩的时代……"只听那女孩说。

心里咯噔一下，她用了个词：时代。

那个春天，没有旅行，只有漫长的寂静。

——题记

1

现在是深冬。

像往年一样，收到友人寄来的新历。

望着它，我茫然，发呆。

新的时间来了，而桌上那本旧历依然鲜艳。即将翻篇的2020，仿佛尚未开始。为何有这般感觉？

因为，它缺少一个春天。

一个正常的春天，一个隆重的春天，一个肌肤相亲的春天，一个结实拥抱过的春天。

那春天几乎没有启封，像一封信未拆读，即被风刮跑了。

怎样才算拥抱过一个春天呢？

我觉得，有一道仪式不可或缺，它须在某个春日里发生，否则，你的春天即不合格，就像洞房花烛之于一桩婚事。

"暮春者，春服既成，冠者五六人，童子六七人，浴乎沂，风乎舞雩，咏而归。"

孔子师徒留下的这番话，在我看来，堪称春天的一道谕旨，亦是对"春"最美的广告和代言。它督促你，莫负明媚春光，到户外去，敞开身体，沐浴天泽，领取那一年一度的大自然福利。

惜哉，2020，我有负这天意了，我们。

那是一场只能叫作"等待生活"的生活。

在一只鸟眼里，那春天并无殊异，山川依旧，星光依旧，杨柳依旧，仍堪称岁月静好，它唯一的好奇是：怎么这般寂静、这般空旷？人群呢？喧声呢？车水马龙呢？天上的风筝呢？

是的，人类第一次把自己关进了笼子里。除了房舍，人类把地盘最大限度地还给了野生动物。水里的鱼多了，林中的兽多了，天上的翅膀多了，曾见新闻视频：在欧美一些城镇，熊、鹿、獾、野猪们，大摇大摆地信步街头，那模样不像闯入者，倒像归来者，像合法业主在巡视自家的领地，在检阅自己治下的动物园。

看那些颤晃的镜头，感觉有点怪，后来醒悟：那是囚徒的视角！那是失去自由的人——羡慕铁窗外的世界。

是的，这是一场仅限于人类的不幸。

对于人间，对于自负的地球文明，那是个怎样的春天呢？

一个寂静的春天，一个蒙面的春天，一个惨烈的牺牲的春天，一个彼此呼唤又充满敌意、同病相怜又相互诅咒的春天。

上个岁末，在圣诞福音和爆竹声响起时，谁也不承想，人类会开启这样一种极端生活——

世界成了一座巨大病房，无数的呼号，无数的惊悚，无数的悲鸣，从各个角落，从千万间紧闭的窗户里飘出……瑟瑟发抖的我们，无从辨识，只能把一切消息翻译成坏消息，翻译成梦魇和世界末日。

那是地狱模式的地球，那是灾难电影里的人间。那个熟悉的世界变得扭曲、抽象，像一个酷刑下的巨人，因剧痛而狰狞。

在最初的眼泪和温情之后，在仓促的悲悯与慈悲之后，人们开始相互厌恶和指责，谣言、口水、怨声、戾气……发泄、攻讦、栽赃、羞辱……政客的粗鄙、族群的殴斗、资本的冷漠，还有逻辑的变形、价值的坍塌……

比肉体受难更深的，是理性和信仰，是文明和常识。

那是怎样一幅世界地图啊——

爱与恨一样多，祈祷与诅咒一样多，感恩与怨恨一样多，呻吟与谩骂一样多，理智与癫狂一样多，悲剧与闹剧一样多。

我们前所未有地看清了时代的真相，它的虚弱、迷狂，它的撕裂和藏污纳垢，它的极端和自暴自弃……

我们目睹了人类最深重的愚蠢和昏昧，见识了语言所能织出的最丑的脏话与谎言，我们窥见了人性所有的褶皱和棱面，它的溃烂和闪光……

我们见证了有史以来最伟大的良知和牺牲，那些奋不顾身的白衣天使，那些背负氧气和药瓶的逆行者，那些服务真理并清晰吐出每个字眼的人，那些值守病榻为临终者安魂的祈祷士……他们履行的是神职，是使徒的角色。他们以"保卫生命""保卫生活"之名，宣誓着这个星球上最后的力量、道德和美。

我们挣扎，但不绝望。

想起了斯蒂芬·茨威格，那个高贵、敏细和犹豫的人，那个曾用尽全力和深情来生活的人。

那个春天，我又翻开《昨日的世界——一个欧洲人的回忆》，这是一本告别的书，一个人对世界最后的审美与幻灭。

他动情地追忆了自己的青春，二十世纪初的欧洲，那个以安逸与创造、自由与艺术为标签的时代，那是维多利亚的文明之巅，那是欧罗巴的迷人之夜，蓬勃、平和、温煦，这种气候和秩序，让一切理性主义者和浪漫主义者皆感舒适。"暖风熏得游人醉"，大家甚至开始厌倦这种恬静和柔腻……可谁承想，这竟是落日前最后的光辉，是断崖之上的峰顶驻足！接下来：两次世界大战，经济凋敝，贫困饥馑，政治瘟疫，意大利法西斯，希特勒神话，族群仇恨与暴力美学，纳粹集中营，国家主义的狼烟，排山倒海的民粹，疯狂地吞噬理性和肉体、绞杀自由与道德……

人类的微笑冻结了。

这对一个优雅的绅士，一个宁静的和平主义者，一个在性情和经验上都不熟悉野蛮的人，何等残酷！

"一个人必须服从国家的要求，让自己去当最愚蠢的政治的牺牲品，使自己和共同的命运绑在一起。"

"我在战前享受过最充分的个人自由，现在却品尝到了数百年来人类最大的不自由。"

他失去了物质和精神的故土，沦为荒海一桴。

他在巴西靠岸，并以此为终点。

在那封深夜遗书里，他和夫人祝人类好运——

"对我来说，脑力劳动是最纯粹的快乐，个人自由是这世上最崇高的财富。我向我所有的朋友致意，愿你们在经过漫漫长夜后迎来灿烂的朝霞，而我这个过于性急的人，先你们而去了。"

于世俗，这是个牵强和费解的理由，但于一个唯美和诗性的人、一个守护内心秩序的人，则很容易成立。

他不仅热爱生活，他更致力于活在一个光明的世上。

而他的那份祝福，至今活着。

2

我的印象里，那个春天似乎只有时间，没有空间。

哪怕在时间上，它也和寒冬粘在一起，像块冰砣。

作为春，她的脸竟苍白得没有一丝红润。

整个春天，我滞留山东老家，原本回去陪母过年，不料一待即三个月。

春节刚过，家乡的郊区爆发了一起监狱疫情，近两百例感染，还上了央视新闻……

你能觉出小城猛地颤抖了一下。

一夜醒来，大街小巷，马路天桥，路面上的事物全消失了，仿佛退潮后的沙滩，只剩鱼腥和浪沫。各小区门口扯起了绳索、篱栅、标幅，皆有捍卫最后一方净土之意。

它取消了道路，取消了步履，取消了一个人通往另一个人。

墙，无所不在，连空气似乎也变成了砖，被用来砌墙了。每家每户自成堡垒，并因此获得一种安全感：你是清白的。

你被无边的空寂所占领。

窗外即马路，但罕闻车辆声，尤其夜里，一丝响动也没有，恍若置身荒野。你盼着有意外发生，比如一辆车由远而近驶来，哪怕大货的轰隆声，哪怕急刹的擦刮声。

静，干枯的静，憔悴的静，茧房里的静。

"在做什么呢？"

手机里收到最多的话。

是问候，是探视，也是无聊和空虚，是同病相怜者在交换目光，是无意义者在寻找意义。

是啊，那个牢笼里的春天，你在做什么？

每天在家具中间踱步，如笼中兽，起初还有"奔""走"之意，后来，身子越来越滞，如同被黏住，成了家具中的一员。

微信朋友圈里看到，有人在跑步机上漫游，有人借视频连线对酌，有人用望远镜逛街……

寓所是一幢临街楼，东西向，隔着马路，是当地的博物馆，院子里有两处古建：一栋叫"声远楼"的古钟阁，一座九层的铁铸佛塔，皆造于北宋。逢雨天，雾珠迷离，醉眼蒙眬，影影绰绰中，总让我想起那句"南朝四百八十寺，多少楼台烟雨中"……

这画面大大缓解了我的焦躁和寂寞，让我浮想联翩，遁入另一时空。

九岁的儿子在上网课，背的是朱自清的《春》。

"盼望着，盼望着，东风来了，春天的脚步近了……"

我也情不自禁地读出了声，隐隐动容。

春，我知道它来了，它已悄悄爬上了窗台，那是灰白枝杈上的润青，那是流苏一样的杨树穗，那是越来越密的雀啾声……

但它和我隔着墙，隔着护栏和玻璃，有些生分。

这不是我想要的春。

我要的是可触可染、耳鬓厮磨的春，是"出门俱是看花客""人面桃花相映红"的春，是"傍花随柳过前川""斜风细雨不须归"的春，是"春风十里扬州路""乱花渐欲迷人眼"的春，是"陌上花开，可缓缓归矣"的春……

身在茧房，你尽可"小楼一夜听春雨"，但难及的是下联："深巷明朝卖杏花"。

两者合起来才是春，春之身，春之心，春之事。

我最饥渴的，其实是阳光。

东西向的楼房，最大困扰是光照，一天里，被太阳直射的机会只有两次：朝阳和夕照。

足不出户，对于小孩子，是一件残酷的事。

他在长身体，他需要晒太阳，他需要合成维生素 D……

每个黄昏，赶在太阳落山前，我打开后窗，叫儿子过来，令其踩上一只高凳，撸袖敞领，尽可能裸露肌肤，去追一天里最后的紫外线。

天冷，每天十分钟。

儿子兴奋地问：这算不算夸父追日啊？

自此，一个儿童踮着脚、伸长脖颈看夕阳的画面，就定格在了我的脑海里。至今，闻某地疫情封控，我第一个念头即小孩子如何晒太阳……那幅画像弹窗一样跳出来。

那些天里，我最羡慕的，是楼下门口的执勤大妈，红袖章，测温仪，别人坐着，她不，大踏步地折返走，大弧度地甩胳膊，阳光亲热地缠着她，虽蒙着口罩，我仍感受到她满脸的红润。

3

年末，在北京一场读书会上，主持人问嘉宾：2020年，你最难忘的事是什么？诗人王家新说"惊悉李医生去世……"轮到我，我说是四月的一天，在山东老家，在室内闷了三周之后，我做出一个决定：带九岁的儿子下楼去，去走马路！去晒太阳！去看春天！

那个午后，我们出发了。

一出户，明晃晃的光扑上来，人犹如撞在了玻璃上，眯起眼，一股暖流涌贯全身，我幸福得一哆嗦，啊，太阳神！

儿子冲着地面直跺脚，像踩着了什么稀罕玩意。

没有车，马路阔得惊人，像一条大河遗下的枯床，无声无际。忽想起2003年非典时的北京街头，也是春天，一样的冷寂，一样的空荡，一样的沉默……你坐过空无一人的地铁吗？是的，我坐过。17 年了，本以为那样的春天和大街永远不会再有了。

除了主干道，所有巷口皆封，商铺闭户，公园自然也去不成，我们选了朝阳的一侧，慢悠悠，无目标地走。

空气清凉，风有微棱，父子俩挽起衣袖，摘掉帽子围巾手套，仰起脸，虔诚地，像朝圣者那样，把自己献给太阳。

儿子蹦蹦跳跳，他觉得很梦幻，整条大街都是他的，仿佛掉进了乐高城市……

忽然，不知从哪儿冒出一男子，迎面走来，他，脸上竟一丝不挂！你怔住，身子发紧，拉响了警报。和你一样，对方略有迟疑便做出了反应：提前变道，像车辆紧急避险那样。

你捉紧儿子的手，疾步掠过。

那人的身影，也像是逃走似的。

儿子频频回头，似乎舍不下这路人。

我能不戴口罩吗？儿子跃跃欲试。

不是每个人都有口罩。你警告他。

你有点羞愧，为方才对陌生人的心思。你发现自己的目光变成了一名警察、一个审判者，不仅虎视眈眈，甚至有举报和指控的意味。

口罩是一层纱，一面盾，有时也是一堵墙，一座山。

你未曾料，在不久之后，一具躯体对另一具躯体的戒备和敌意，将成常态。

在生物界，完全可信赖的，或许只剩草木了。

沿着阳光导航的直线，我们走了很远，终于，在一个十字路口的拐角，激动人心的事物出现了——

红色！粉红！是桃花！

一声欢呼，父子风一样追上去。

红晕的枝条，像女子的纤臂，从松塔后懒懒地伸出。

一盏盏、一朵朵、一瓣瓣，那桃色，清澈、灼热、羞涩，像胭脂，像朱唇，像恋情。

不自禁摘下口罩。

刹那间，一缕清风冲进鼻腔，那股消毒水、纺纱布的味道没有了，那股在肺里盘踞了很久的化学味。

我张开嘴巴，大口地深呼吸。

儿子很兴奋，凑上前，贴住最近的一簇，贪婪地、使劲吸鼻子，那花瓣颤了一下，我几乎听到一声尖叫……

哎，轻点，别把她弄疼了。

哦，留点儿花香，给蝴蝶，给蜜蜂……

"村南无限桃花发，唯我多情独自来。"

这是今年我注视的第一株花，于她，不知算不算"初见人"。

这个春天，最寂寞者恐是野外的花儿了，没有目光和脚步，无人赏，无人宠，无人折……

人面不知何处去，春花无主向谁开？

告别她，我们继续走，在一处河畔，遇到了垂丝海棠，还有迎春，还有两行绿水荡漾的烟柳……

那个明亮的下午，是我们的节日。

晚上，儿子写作文，提到了与花的亲热，我略改两字——

"摘下口罩，我闻见了春天的味道。

而春天，看见了我的脸。"

我说，儿子，你会写诗了。

终于，夏天来临时，我穿着冬天的衣服回到了北京。

乘高铁前，遵专家提示，N95口罩、乳胶手套、护目镜，儿子全身披挂，像个盔甲武士。

临走，我还做了件事，去街角的小卖部，叮嘱店主一声，往后别再进某牌子的香烟了。那是我请人家上的货，本地人不抽它。

我把剩的两条都拿了，拆开一包，请店主尝。

俩人摘下口罩，算是正式照了面。

他嘬了一口：这烟软，劲小，你是外地来的？

我点点头。

回京后连续多日，我和儿子天天冲下楼，去广场，去公园，踢球、骑车、撒欢儿，除了吃饭睡觉，不舍得回屋里。

我们以一种近乎复仇的方式索取露天里的一切，阳光、风、叶子、蚂蚁、蚯蚓……

月季在开，鸢尾在开，木槿在开。

苹果、桃树、山楂，忙着坐果。

蝶在飞，蜂嗡叫，当阳光刺来，我眯起眼，流下几滴泪。

我知道，生活暂时回来了。

我知道，许多人留在了春天里。

4

"瘟疫是如此残酷，它惩罚的竟是自由与亲密。"

整个春天，除了这句话，我没有任何写作。我把它发在了私人微博上。

那个蒙面的春天，你可曾遇见一张生动的脸，可有一份明灿的笑让你春意盎然？

那个牢笼里的春天，寂寞者，除了花开花落，还有女子的容颜。

网友笑曰：大街上终于寻不见美女了！口罩面前，人人平等！

殊不知，这是春色最大的损失。

和花儿一样，没有爱慕，没有目光的饲养，容颜会枯萎。

据说女士们都懒得化妆了。

是啊，当无纺布成了人的另一层肌肤和表情，美貌即显多余了，她们被打入冷宫，犹如冰箱里的水果。

在平等面前，我们停止了对脸孔的想象与探索。

这是审美的灾难。

有什么能抵御悲剧与虚无、死亡与恐惧？

除了宗教，恐怕唯有爱情了。

那个禁足的春天，那个面壁的春天，备受煎熬、亏损最重的，恰恰是浪漫与爱情。

私以为，没有"旅行"，即没有爱情。

（我指的是爱情的发生，并非它的维系和保养。）

爱情乃一个人"出远门"的结果，像着床的蒲公英。

没有身体的移动，没有灵魂的飞行，没有目光的漂泊，即无爱情之奇遇。和留在故乡的亲情相反，爱情是"异乡"的产物。从起点上看，所有爱情都是突发，是意外，是陌生场景下的哗变，是生命被打破某种稳定、失去平衡的表现，是一种由异性掀起的热浪、一种空前的喜悦和震颤……较之友情的舒适、亲情的安全，爱情充满惊险和动荡，它意味着你踏上了一条激烈和颠簸之路，赴汤蹈火，身不由己。

爱情是一个事件。它首先是一个视觉事件、身体事件，然后才是一个美学事件或灵魂事件。

一个人，若停下脚步，即不会发生爱。

我相信，那个春天，人间的浪漫少了许多。一见钟情的故事，很难上演。

它删减了行走，取缔了远方，解散了人群，阻止了邂逅。

它拦截了一个人走向另一个人的冲动。

它叫停了激情。它把"间隔"定义为舒适与安全。

它警告一切和亲近有关的诱惑，比如握手、约会、依偎、爱抚……比如影剧院、咖啡馆、酒吧、舞厅、沙龙……

这些，被视为地狱的开关。

它改变了身体之间的关系，颠覆了那种天然的向往和信任，它不仅把身体打造成一个个碉堡，戒备森严，门户紧闭，还使之相互拒斥，充满敌意与憎恶。

那种距离，那种冷漠，就像在山林里，一只野兽撞见另一只野兽，彼此敬畏，又相互恐吓。

那个残酷的春天，最受虐的，莫过于情人，尤其异地之恋。

那些天各一方的情侣，那些不同空间的热恋中人，相爱却不能相拥，闻语却不能面对，即使同城，也要忍受天堑之隔，犹若当年的"柏林墙"。

他们是 2020 版的"牛郎织女"。

电话和视频，只能缓解对"存在"的焦虑，却暗暗加大对"实体"的饥渴。友情和亲情不依赖实体，爱情则不然，它需要目光，需要体温，需要抚触，需要鲜活的实体，它试图消灭一切距离，包括缝隙。

看到一组照片：在德国和丹麦的边境线上，隔着铁丝网，两位老人热目相对，手温柔地握在一起。老爷爷在德国，老奶奶在丹麦，两人恋爱已有一年，疫情暴发，边境封闭，老爷爷每天骑车八公里来此处，他们读报聊天听音乐，眼含幸福，直到夕阳落山。

网传，在一湾之隔的深圳和香港，有不堪相思的情侣，竟循着当年偷渡客的足迹，攀上相邻的山头，来到最近的滩涂，对着依稀的人影，挥手呼唤，或在望远镜里相看泪眼。

一位西方艺术家的画作：疫情下的街头，两个火热的年轻人忘情拥吻，而身体一侧，是两具搂抱着坍塌的骷髅。寓意很明显：激情，在死神的注视下。

如果这幅画需要一个名字，我想称之为：哭泣的身体。

是的，它们在哭泣，那些凋零的身体，那些失散在异乡的身体，那些在孤独中日渐憔悴的身体，那些在生疏中火苗渐熄的身体，那些被淡忘和失去信任的身体……

它们呼唤完整，呼唤热焰，呼唤欣赏和赞美……

是的，人类身体里的微笑正在流失。

自由、亲密，这世间最美好的东西！也是最后之际才不得不放弃的东西，然后，就轮到生命了。

我丝毫不敢嘲笑那些拼命活和拼命爱的人，那些奋然不顾去维系日常生活的人。那是一种不怕死的"贪生"。

那种不愿意同往常分手、与旧时光恋恋不舍的样子，多像一个孩子——拒绝丢下自己的玩具！

我为之动容。

"生活"和"活着"是两回事。

5

午后，照例去日坛公园散步。

途经一片使馆区。

一座座围院，栅门紧闭，明明是前庭，厚厚的落叶却给人一种后院的感觉，且是废弃的那种。没有风，各色的国旗，垂耷着，写满了颓唐与乡愁，我想起了那句"寂寞梧桐深院锁清秋"……

入园，"北京健康宝"扫码，广播里用中英文提示戴好口罩、保持社交距离。

银杏一片橙黄，天空蓝得感人。

忽然，排椅上的背影吸引了我。

一对情侣隔着口罩轻轻触吻，女孩仰着头，双眼微闭。

这让我想起了一幅照片，2003年，北京非典期间路人抓拍的，流传甚广，我做节目时还用过，和眼前情景一模一样，连衣着和神态都像。

转身欲去，忽听女孩的一声幽叹——

"好想回到那个不戴口罩的时代……"

心里咯噔一下，她用了个词：时代。

2021 年 3 月

《鼠疫》：
保卫生活的故事

——非典时期的阅读

> 鼠疫杆菌永远不死不灭，它能沉睡在房间、地窖、皮箱、手帕和废纸篓中，耐心地潜伏，也许有朝一日，瘟神会再次驱动它的鼠群，选择某一座幸福的城市作为葬身之地。
>
> ——加缪

我反抗，故我存在。

——加缪

一个天性美好、热爱自由的人，一粒灵魂纯正的种子，日日夜夜受困于令人窒息的菌尘中，他将如何选择生命姿态？如何保证人性的正常不被篡改和扭曲？不被周遭强大的恶质所吞噬或异化？

逃走是快捷简易的方法，也是一条危险之路，随时可能被瘟神追上并灭掉。而且，"逃走"本身是可耻的，它意味着缺席，意味着把配属给你的苦难甩给了同胞，由此而生的自鄙与罪恶感，足以将一个有尊严的人杀死。正确的选择是：留下来，抗争，直至最后。

诗人里尔克说，挺住意味着一切。

20 世纪 40 年代，面对欧洲的政治瘟疫和法西斯恐怖，加缪的立场正是坚守与反抗，他参与法国的地下抵抗组织和各种人权活动，领导《共和国晚报》《战斗报》，他既反对纳粹主义，痛斥暴力，又谴责消极的虚无论调，他高呼："第一件事是不要绝望，不要听信那些人胡说世界末日！""让我们宣誓在最不高贵的任务中完成最高贵的行动！"不仅如此，他还在自己的小说《鼠疫》中，为主人公里厄医生及其朋友——选择了这一平凡的"高贵"。

四十年代的某一天，灾难直扑向一个叫"奥兰"的平庸小城。一场格杀毋论的鼠疫訇然暴发。在一名叫"里厄"的医生带领下，人与死神惊心动魄的对峙开始了——

混乱、恐惧、欺瞒、绝望、逃散、诅咒、哀泣……人性的复杂多面、信仰的真伪、卑鄙与高尚、狭私与慷慨、龌龊与美德皆敞露无遗：科塔尔的商业投机和受虐狂心态，他为鼠疫的到来欢呼雀跃；以神父巴纳鲁为首的祈祷派，主张逆来顺受，视瘟疫为人类应得的惩罚，却最终送命；将对一个人的爱转化为对"人类"之爱的记者朗贝尔，为了远方恋人，他曾欲只身逃走，但在与医生告别的最后一刻，他改变主意，留在了这座地狱之城；民间知识分子塔鲁，他对道德良心的苦苦求索、对人类命运的忧患与悲悯，使之一开始就投身于战斗，作为医生最亲密的助手，他的死是所有死亡中最壮烈的一幕："无可奈何的泪水模糊了医生的视线。曾几何时，这个躯体使他感到多么亲切，而现在，它却被病魔的长矛刺得千疮百孔，被非人的痛苦折磨得不省人事，被这从天而降的仇恨的妖风吹得扭曲失形……夜晚又降临了，战斗已结束，在这间与世隔绝的房间里，这具已穿上衣服的尸体上，笼罩着一种惊人的宁静。他给医生留下的唯一形象，就是两只手紧握着方向盘，驾驶着医生的汽车……"这不是普通的汽车，而是一辆冒烟的、以赴死的决心和照明全速冲向瘟神的战车，你有理由确信：正是这"刺刀"的意志令对方感到了害怕，感到了逃走的必要。

里厄医生，一个率先保卫生命、保卫良知、保卫尊严的平凡人，一个有着强烈公共职责和义务感的人道主义者。他不仅医术高超，也是那种对一切事物保持最正常感觉和清醒判断的人。他临危不惧，始终按自己的信仰和原则来行事。虽然，他对取得这场战斗的胜利一点也没把握，但其全部力量在于：他知道一个人必须选择承担，生命才是有尊严和有意义的！为了生活必须战斗，必须为不死的精神而战——即使在最亲密的战友塔鲁倒下时，他也毫不怀疑和动摇。这信仰是命运的赐予，是地中海的波涛和阳光，是相濡以沫的母亲和深情的妻子用爱教会他的。他并不膜拜上帝，而相信天地间唯一的救赎就是自救！正是这些峰峦般的理念支撑着奥兰摇摇欲坠的天幕，并最终挽救了它。

良知、责任、理性、常识、尊严——正是这些元素雕塑了一群叫"里厄"的头颅。正是医生、职员、记者这些默默无闻的小人物（而非什么市长、议员、警察等国家机器人）——以结实的生命分量、以情义丰饶的血肉之躯筑就了奥兰的精神城墙。

故事最后，里厄接到了妻子去世的电报（而全书开头，是丈夫送病重的她去火车站）。读它的那一刻，一股冰冷的电流贯通我的脊柱，仿佛又看到医生那苍白瘦削的脸——疲惫的笑容每天都写在上面。

母亲回到屋内时，儿子手中已拿着一张打开的纸。她看了他一眼，他固执地凝视着窗外正在港口上演的灿烂的早晨。

老太太叫了他一声："贝尔纳。"

医生心不在焉地看了看她。老太太问："电报上说什么？"

医生承认："就是那件事……八天前。"

老太太把头转向窗户。医生沉默。

接着，他劝母亲不要哭。

在心里，我低低地向那个沉默的男人致敬。加缪说过："男人的气概不在于言辞，而体现于沉默中。"里厄，正是加缪心目中的男人标本。

阅读这部保卫生命的故事，我脑子里不时矗立起两座纪念碑式的箴言，仿佛从遥远的神祇山顶上飘来——

"人可以被毁灭，但不能被打败！"（海明威）

"我拒绝人类的末日，因为人类有尊严！"（福克纳）

它们仿佛在为里厄的战斗作画外音式的解说，一刻不停地声援着、温暖着……我明白，这是女娲补天、夸父追日的飞翔声，是普罗米修斯之燃火和西绪福斯推动滚石的声音，这声音，捍卫着人类的最后一线生机与荣誉。

灾难本应是最好的课本。不幸的是，大劫之后，人们只顾着庆幸，只忙着庆功，只盼着伤疤早日消散，却将皮开肉绽的痛给忘净了。

这也是让里厄忧心忡忡的现实——

"他们如醉如痴，忘了身边还有世界存在，忘了那些从同一列火车上下来而没有找到亲人的人……"黄昏的街头，幸存者尽情狂欢，"钟声、礼炮、音乐和震耳欲聋的叫喊……当然，亦有一些看起来神色安详的漫步者，实际上，他们中的大部分人是在自己曾受苦的地方进行着一种微妙的朝圣。他们不顾明显的事实，不慌不忙地否认我们曾在这样的荒谬世界中生活过，否认我们经历过这种明确无误的野蛮，否认我们闻到过这种使所有活人都目瞪口呆的死人气味，最后，他们也否认我们都曾被瘟神吓得魂飞魄散。"

想起了鲁迅所说，"久受压制的人们，被压制时只能忍苦，幸而解放了便只知道作乐。"

关于"鼠疫"是否真的已经消逝，小说在尾声作了预言——

"里厄听着城中震天的欢呼，心里却在沉思：威胁欢乐的东西始终存在……鼠疫杆菌永远不死不灭，它能沉睡在房间、地窖、皮箱、手帕和废纸篓中，耐心地潜伏，也许有朝一日，瘟神会再次驱动它的鼠群，选择某一座幸福的城市作为葬身之地。"

　　正是在此意义上，我认定加缪和他的作品不会过时，只要世上还有荒谬，还有现实或潜在的"鼠疫"威胁，我们就需要加缪和他的精神，他的哲学和医学，他的里厄和塔鲁们的在场。

2003 年 5 月

果子狸，
窦娥冤

"天上飞的除飞机不吃，水里游的除轮船不吃，四条腿的除桌椅不吃，长着毛的除掸子不吃……"

人之胃——堪称世界上最大的动物坟墓。

每一物种的消亡，都等于一位亲友去世，人类
的孤独都应增添一分。

——题记

1

　　2003 年，一种其貌不扬的小动物成了明星、灾星，成了世人心头一块病。

　　翻开词典，对它的介绍是：哺乳纲，灵猫科，头部七朵白斑，俗称"白鼻心"，喜食果类，又叫果子狸。

　　动物的不幸，皆因激发了人的某种欲望。不知何年起，果子狸成了食客垂涎的唐僧肉。非典疫情前夕，广州市面上，一只果子狸售价逾千元。

　　时刻准备献身、成为餐桌上的一道菜，动物真够命苦。可倒霉到这份上还不够，2003 年 5 月 23 日，深圳疾控中心和香港大学联合声称：果子狸标本中分离出的病毒，经基因分析证实为人类"萨斯"病毒前体。

　　"谈狸色变"开始了。但我想，说不定小东西因祸得

福，躲过口腹之灾了？

最初还真是，非典期间，有两个好消息：一是吃野生动物者少了，一是公款吃喝骤减。不过，我还是幼稚了，据《天府早报》报道：某日，成都某镇村民捉住了两只怪模怪样的小动物，起初还逗着玩，但很快验明正身，正是传说中的"萨斯"元凶——果子狸！咋办？挖了个深坑，活埋。

从重从快，恐惧已变成愤怒和仇恨，一副"人见狸皆可灭之"的架势。对其他野生乃至家饲动物，人的眼神也不对了，竟有神经兮兮者，把自家小狗从楼上抛下来……

有人辩解：总要先保人类安全吧。

不错，动物身藏寄生虫和病菌，但就像人体携带病菌一样，乃生命体的一部分，许多病毒在动物身上致病率很低，只有闯入人体才演变为疾，而开启"潘多拉"盒子的，往往正是人类自身的越位行为，比如艾滋病病毒从猩猩到人的传播。再者，一些人与动物的共患性疾病，很难确认谁是元凶、谁殃及谁。一味指责动物于人之不利，而不考量人对动物之不义，显然有失公平。

就在世人磨刀霍霍、欲对果子狸及亲属实施大清洗时，同年6月20日，中国农业大学宣布：七省市采集的76份果子狸样本及其他野生动物样本中，均未发现"萨斯"病毒。

这消息，于被押上法场的果子狸，不啻为暂缓执行的救命诏。

可，我又高兴早了。8月12日，国家林业局签发"林护发〔2003〕121号"通知，54种陆地野生动物正式获批可用于商业经营，果子狸榜上有名。

福兮祸兮，喜的是它终获平反，甩掉了祸首之黑锅；悲的是它虽免遭白眼，却招来了红眼和油锅。据悉，在广东，该通知刚下发，"红烧果子狸"的招牌即揭竿而起。

还是那个命，不活埋你，就该油烹你了。

你不下地狱谁下地狱。

2

由果子狸，想到了人之腹欲。

谁的胃最深不可测？鲸鲨？狮虎？可再怎么厉害，也逃不出人的胃——堪称世界上最大的动物坟墓。

"天上飞的除飞机不吃，水里游的除轮船不吃，四条腿的除桌椅不吃，长着毛的除掸子不吃……"再晒两道菜："龙虎斗"，啥意思？将蛇、猫一起烩；粤地名吃"三吱儿"，即活食白鼠仔，筷戳一声叫，蘸料二声叫，入口三声叫。资料显示，最大的野生动物消费地乃东亚，尤以港粤为盛，餐单上，你尽可圈点猴、熊、鹿、鲨、鳄、孔雀、天鹅、蜥蜴、穿山甲……仅野生蛇，广东年消耗就数千吨。

每看电视节目《动物世界》，蓝色洋面上，一尊尊伟岸的鲸躯、一柱柱美丽的喷泉……我都隐隐动容，对这壮阔的生命景象肃然起敬。那一刻，我觉得世界真美好，有这样伟大的身躯陪伴人类，多么温暖和庆幸。然而有一天，当看到那"伟大"被切成一个个小方块，一动不动躺在冰凉的货架上，贴有冻肉标签——你目瞪口呆。

在日本，鲸肉一直被视为佳肴。20世纪80年代，在国际压力下，日本曾宣布放弃捕鲸，但1987年后，打着"科学研究"的幌子，捕鲸船再次起航，年捕量600余头。

从一百年前起，工业技术被用以征服这种庞然大物，如今，99%的蓝鲸已遭杀戮，北大西洋露脊鲸不足300头。虽然国际社会于1986年出台了《全球禁止捕鲸公约》，但仍有数万多头鲸血染大海……

我想，当最后一头鲸沉没的那天，海洋的落日，会怎样的凄凉与悲怆。

前几年，国人无不熟悉一句广告词："人人都为礼品愁，我送北极海狗油。"海狗，海豹也，销售商宣称，其油有延年益寿之功，更有雄海豹下体炮制的"海豹鞭"，所谓"滋肾壮阳，男人必备"……小小礼品盒里，盛放着海豹一条条命。

有目击者描述了这样的情景——

"三月，雌海豹分娩的季节，它们成群来到北大西洋的浮冰上，在我五米开外，一对亲昵的母子正享受阳光的抚慰，它们不会想到，一场杀戮正在逼近。每年有数十万只海豹被捕杀……猎人从正吃奶的小海豹嘴里夺走母亲，熟练地将之掀翻，抽出短刀，划开了它的肚子……小海豹被丢在那儿，很快会饿死。海豹被虐杀是因为在东亚有巨大的市场。"

3

"食不厌精，脍不厌细"，确乎国人口福。但医学证明，传统饮食文化有很多陋习：所谓"吃什么补什么"，纯属无稽之谈；飞禽走兽历来被视为珍馐，"鸡鸭鱼肉赶下台，王八毒蛇爬上来。燕窝熊掌才够味，虎鞭飞鹰最气派。"可事实上，野味于人体究竟何补？营养数据显示，一只鲍鱼相当于一个鸡蛋，一碗鱼翅羹约等于一碗粉丝汤。

除了猎奇和奢侈营造的生理幻觉，人什么也没得到。换言之，食客消费的并非营养，而是其身份——"稀有"之自然身份和"昂贵"之市场身份。真相无人问津，追逐的是其角色，是获取的难度和竞价的激烈。说到底，一场彻头彻尾的虚幻消费，满足的不是胃，是等级心理和地位、规格等社会附加值。

饮食的主旨乃营养和健康，在蛋白质、碳水化合物、热量等指标上，家饲动物不仅不逊于野生，反而胜之。更要紧的是，多数野生肉类含有毒素和致病菌，尤其蟒蛇、穿山甲等爬行类。动物与人类共患性疾病有一百多种，比如猕猴，多携带 B 病毒，挠人一下，甚至朝人脸啐一口，皆可致感染；比如被誉为"山珍"的国家一级保护动物——巨蜥（别名"五爪金龙"），至少有四类寄生虫，在一条巨蜥身上，科研人员验出了近700个虫体。

无知者无畏。很多时候，是人类自己拉响了手榴弹。

一个多世纪前，恩格斯在《自然辩证法》中告诫人类："不要过分陶醉于我们对自然界的胜利。每次这样的胜利，自然界都报复了我们。每次胜利，在第一步确实取得了我们预期的结果，但在第二步和第三步却有了完全不同的、出乎预料的影响，常常把第一个结果又取消了。"

4

不仅野生动物，连与人有着特殊情感的宠物，也难逃饕餮之口。

《北京晚报》曾登了一则消息：《广东寒冬日均吃猫一万只》。这些猫，多是从外省收购或诱捕来的。有一网友在帖子里写道："我养着一只可爱的小猫，它是我生活的一部分，看到竟有人残忍地吃它们，我脊背发凉，觉得恶心……我已不愿或不敢再看这类报道，每次心里都难过，更难过自己做不了什么，只有默默祈祷那些动物变得聪明一些，躲过人类的捕杀，再诅咒那些坏人得到报应。"

被伤害的，不仅是无辜生灵，还有人类美好的情感和人际印象。可以想象，一个猫主人和食猫客，一个养狗人与屠狗者，彼此的敌视和仇恨有多深。

海吃、黑吃、暴吃、通吃……如此下去，也许有一天，只剩人类自个儿了。

在德国一家环保主题的公园里，老师带孩子们走到一幢木屋前："里面藏着世上最凶险又最濒危的动物，猜猜是什么？"童声喧哗，狮子？老虎？……最后，门开了，对着一面镜子，人类看到了最悲剧的动物：自己。

比尔·麦克基本在《自然的终结》中写道："我们没有创造这个世界，而是正忙于削弱它。我们要找到如何使自己变小一些、不再是世界中心的办法。"

学者唐锡阳也说："人类要谦虚一些、慎重一些、节制一些……倡导生态文明的关键，是要摆正人在大自然中的位置，'人'字原本多大就写多大。现在写得太大了，应该写小些，更小些，写在原来的位置上。"

5

就在前不久，随着一只叫"琪琪"的白鳍豚的离世，这种身姿优雅而被誉为"长江女神"、寄存在淡水中的鲸科动物，在地球上消失了。此前，它在这条江水里已居住了2500万年。

在那期悼念节目的最后，我说道："没有白鳍豚的长江，是一条失魂落魄的水。"

2003 年

>> 2002 年底至 2003 年初，广东省境内突发不明原因的"非典型性肺炎"病例，并迅速蔓延至广州、香港、北京等大城市，感染者和死亡人数激增，包括大量医护人员。3月 12 日，世界卫生组织向全球发出警告，3 天后，该疾病被正式命名为"SARS"（严重急性呼吸综合征）。4 月 16 日，世卫组织宣布，SARS 的致病源为一种冠状病毒的变种。

南方，南方

　　一个北方男子的身心，是很容易被江南俘获的。被它关于人生和爱情的种种许愿与记载，被它盛大的烟雨、清幽的莲雾和香艳的传说。

　　爱情的降临毫无逻辑，仿佛一朵杏花，高处坠落，你刚巧路过，被砸中，不省人事。

　　男女间的亲密有两种，一种拥抱了皮肉，一种拥抱了骨骼。在线订小说里，在深夜古琴中，在苏州评弹、昆曲唱腔间，你常听见骨骼撞击的声音，像玉碎，让人痛彻，隐隐动容。

北方，北方

我对走夜路记忆很深，尤其长途。

1992 年夏，大学毕业的次年，单位组织去北戴河。

暮色中，大客车沉重地发动了。从鲁西南向东，向北，车灯像雪白的刺刀，一头扎进华北平原的苍茫里。一路上，我偎着末排车窗，将玻璃拉开一条缝，让风扑打着脸。

夜色迷离，脑海里飞舞着群蝗般的念头：政治的、文学的、电影的、古今的、现实与虚构……似乎并非在旅行，倒像是一个化了装的逃亡者，一个隐私超重或携带违禁理想的人，一个穿越历史江湖的游侠，一个投奔信仰或爱情的左翼青年……

渐渐，鼾声四起，整辆车成了我一个人的马匹，脱缰的感觉，千里走单骑的感觉，浩荡而幸福。伴着满天繁星，我看见了蝌蚪般的村庄，看见了泰山，看见了黄河，夜色中，它们恢复了古老的威仪……看见了灯火未凉的京津城廓，影影绰绰，像遥远的宫阙，像刚经历了一场辉煌或浩劫。再向东，向北，我看见了山海关和玄铁般的山体，它像牢房，关押着狼嗥声、剑戟声、喊杀声……黎明时，我闻见了礁石的气息，海带的腥味，我听见了巨大水体的澎湃声，那播放了几十万年的老唱片。

兴奋，睡不着，都因为太青春了。

青春，内心有汹涌和迷幻，血液里埋着可燃物。

那是我第一次去看海，第一次醒着穿越那么完整的夜，第一次把陆地走到了消失为止。

这样的经历未再有，但它常帮我忆起一些涉夜的细节，比如儿时滂沱雨夜里的钟摆声、丁香花开和窗台上的猫叫；《夜行的驿车》中安徒生那火柴般倏然明灭的恋情；托尔斯泰午夜出走的马车和弥留小站；我的师友、作家刘烨园曾用过的网名"夜驿车"……

我生活中重要的人和事，皆是在深夜入场的。

十年后，给央视《社会记录》做策划时，我说，一档深夜节目，它要有深夜气质和深夜属性，你要知道此刻哪些人醒着，他们是谁？为什么？

你要重视深夜和你发生联系的人，那是灵魂纷纷出动之际，那是一天中生命最诚实、最接近真相之时。

那场千里夜行，还奠定了我对"北方"整体的精神印象：无论于地理或人文，它都让我想到了"辽阔""严酷""苍凉""豪迈""忧愤""决绝"这些词，想到了朔风凛冽中的苏武牧羊、昭君出塞，想到了燕赵的"多慷慨悲歌之士"；作为历史器皿和时间剧场，它适于上演飞沙走石、铁马冰河、刀光剑影，适于排练政治、史诗、烽火、苦难和牺牲；较之南方的橙色和诗意，它是灰色和理性的，有着天然的冷调气质和悲剧氛围。就像五岳之首的泰山，少灵秀，但巍巍然、磐重巨制，方位、形貌、质地、褶皱，尽显"王者""社稷"之象，是权力录取了它。

北方，北方。

随着年龄，我越来越确信，自己血脉里住着它的基因。我性格成分中的忧郁、激烈、锋芒、刚性、爆发力……都源于它。是它，在意志、秉性上给了我某种冷峻、坚硬、深沉和笔直的东西，尤其对家国、信仰、英雄、正义等高大事物的热忱。

我向日葵般飘扬的青春，我野狼般呼啸的青春，我麦芒般嘹亮的青春，我裹在立领大衣里桀骜不驯的青春，是北方给的。我的良知，我的血性，是北方的疾风唤醒的。

我是它的孩子，我是它的人。

南方，南方

在西双版纳，听当地人说过一句：这块土地，杵下一根拐杖都能发芽。

何等恣肆、何等繁华的生长啊，我这个北方人羡妒不已。

我想起故土乡壤的贫薄，想起了它在"生长"上的严苛和吝啬，想起了它历史上的荒年，想起那些把树叶树皮都啃光了还难逃一死的命运。"温饱""饥馑""果腹",这类于北方极为严肃和真切的词,在这儿,显得遥远而陌生。

精神基因上,我是典型的北方人,但在感官、本能和生长习性上,我的需求更像一株简单的植物,我不喜北方的气候和水土,不喜它的极端环境和偏激事物。就像我对权力和政治的态度,那是一种人质式的亲密,关心它是因为它骑在你头上。在北方久了,地理和物质上的冷硬、干涸、粗粝、阴霾,会投射进一个人的心里,生成焦灼、皲裂、愤懑和荒凉。终于,我暗恋起了温润、和煦、荡漾、明澈……其实,无论生理或灵魂,我都隐隐渴望"南方"的降临,我需要她来补救,需要她的风情,她的软语,她的甜糯和芬芳,她的诗意和雅致。

我需要很多很多的水和花。

我甚至觉得,一个时代、一个社会的进步,就是从"北方"特征分娩出更多的"南方"特征来:从暴烈走向平和,从躁急走向舒缓,从严苛走向宽容,从斗争走向财富,从权威走向庶民,从广场走向庭院,从繁重走向闲暇,从诅咒走向赞美,从顽石走向花卉。

历史上看,文人的爱情和幸福时光大多在江南;北方滞留的,往往是文人的凄苦、沉疴和荒冢。其究竟,南方除了居庙堂之远、权力松弛外,更与大自然性情、市井生活的细腻和熨帖有关。无论皮肉之苦或灵魂之疾,江南水土都有颐养和治愈的功能。

南北民间,文化性情不同,生命注意力也有别。同事讲一趣事，某时政节目主持人去广东，一下飞机便急急掏出墨镜来，朋友调侃，说不必，这儿乡亲不认得咱们，果然，全程无扰。

南方，是聚精会神、埋头生活的地方。它支持一个人只关心生活自身和日常内部。

近年，南行的次数越来越多。

愈发喜欢看莺飞草长、月笼烟雨，看高涨的如欢呼般的莲叶，看富饶的阳光、被照亮的事物及其纹理；喜欢临一大面湖水，看波光浩渺、菖蒲丰茂，心里即有飞鸟的喜悦；喜欢那加了糖的空气，香樟、桂花、栀子、茉莉，那份免费蜜饯给人以幸福感，让你唇齿生津，让你觉得世间一切悲苦皆可忍受；喜欢走着走着，路旁突然斜出鲜艳陌生的花果来，看它们野性十足、情欲昂然的样子，你会感喟"万物生长"一词；喜欢于山顶或缆车上，俯瞰郁郁葱葱、蓬蓬勃勃的密林，感受那生命力的原始、澎湃和不朽……

无疑，梅林、园圃、茶竹、芭蕉、琴榭、井泉、轩窗……这些生活之词和舒适想法占据了我。

一个北方男子的身心，是很容易被江南俘获的。被它关于人生和爱情的种种许愿与记载，被它盛大的烟雨、清幽的莲雾和香艳的传说。

在这个世界上，你要有两个世界

在北方，你会渴望南方的雨和阔叶。
在南方，你会怀念北方的雪和深秋。

灵魂上，我是一只候鸟。

我需要一个"彼在"，需要另一个端点，让生命处于思念和奔波的状态，像一只南北穿梭的燕子。

那年，在云南小憩，见一处青山环绕的新开楼盘，怦然心动，顿生认领之意，朋友摇头，帮我算了笔账，说使用率和性价比太低，不如住客栈。我反对，我的想法是：有一个远方的"家"，你对之即有了牵挂和义务，它会召唤你完成一次又一次的履约，你要去，你必须去填充它。

最终作罢，是因为窗景欠佳，有售的那套房，迎对的竟是山体曲线中最不婀娜的一段，仿佛对面一美女，可沿你的角度看去，既非美女的脖颈，亦非肩头或腰肢。

朋友们大笑：典型处女座。

我是一个复合型的人。我需要两个世界的对称：童话与成年，虚拟与现实，私人与公共，拒绝与接纳。就像日月之于地球，两只手、两条腿之于人。

这些年，我一边私人化写作，一边做新闻媒体。其实，这是气质和状态都截然相反的两件事。文学写作，能把一个人带入理想主义私域，那是一块精神自留地，独立、诚实、纯粹，怎么拾掇都不过分，这个时代，你很难找到比它更干净且完全由自己说了算的事了。做新闻，就是同时代的疾病打交道，它会让一个人见证更多的社会阴暗，蒙受更多的荆棘和硝烟，但它让你活得接地气，让你与全世界保持最及时、紧密的联系，体会生存的难度与复杂；同时，它赋予你这样的公民角色：你在参与塑造并改变着自己的环境，你不是一个旁观者或缺席者，你不是一个无力的受众，不是一个消极的受害者。

写作，是一个人与自己对话的方式，它倾注了你的爱、浪漫和肯定；媒体，是一个人与广场对话的方式，它表达着你的理性、逻辑和反对。前者让你体验着积极与自由，后者让你意识到公共与责任。

我遵奉两句话——

一是鲁迅说的："无穷的远方，无数的人们，都和我有关。"

一是我自己的："所谓自由，就是一个人能决定哪些事与自己有关或无关。"

前者启蒙了我的良知与义务。后者保障了我的闲暇和清宁。

2003 年，在一档电视新闻节目的筹备会上，围绕它的价值观和选题方向，我提出了两个词：良知和审美。

良知，是基于美德和理性的社会批评，或者说审丑。它的内驱，是因为善与美、公平与正义遇到了敌人，威胁和侵害她们的因素太多，所以要抗争，要保卫，要追求改变。但归根到底，审美才是人生的本愿，我们天然不是来斗争的，而是来生活的，是目不转睛、虔敬深沉地生活。自然、艺术、美学、创造、情爱、幸福……这些相关字眼，才是你奔赴人世的标的，才是你热爱生命的理由和证词。

所以，我既推崇鲁迅、胡适等人间批评家，又赞许丰子恺、王世襄之美学专业户和生活主义者。

于是，那档节目便有了双重气质：理性和浪漫，尖锐和温情，愤怒与颔首。它可以执批评之刃，以专业手法，剥洋葱一般，抵达事件的真相和人性的幽暗；它可以用微笑的语气，讲述一个感人故事、一种个性活法、一场诗意人生，把新闻事件解读成心灵事件。

我参与的所有节目，都盛放着我的爱、恨和平静。

我曾在一本书的封底写道：

"即使在一个糟糕透顶的年代、一个心境被严重干扰的年代，我们能否在抵抗阴暗和障碍之余，在深深的疲惫和消极之后，仍能为自己积攒下一些美好、明净的生命时日，以不至于太辜负一生。"

以我的天性，本应是一个纯粹的审美者，一个理想主义的生活者，但现实不支持，只好活成了现在这个样子。20世纪末，我出版处女作《激动的舌头》时，刘烨园先生做过一则书评，题目叫《当"唯美"受阻之后》，很准确，是这么回事。

夜航船

"你是个走夜路的人。"

朋友的话继续生效。这些年,夜色愈浓。

我愈发觉得,自己生活在这个时代的夜晚。就像我所有做过的电视节目,都是深夜播出,《社会记录》《24小时》《看见》……

同时隐隐感觉,走水路的时候更多了一些。

平生第一次乘船,23岁。傍晚,背着包,撑着伞,在杭州的运河码头上了船。整整一夜的梅雨,昏迷的河水,简陋的堤坝,混沌的马达声,我并不沮丧,一宿未眠,枕旁是明人张岱的《夜航船》,脑子里想着"江湖夜雨十年灯""夜半钟声到客船"等句子……曙色出笼时,我看见了苏州,我看见了她的脸。

这是我第一次看见她。

第一眼即喜欢上了她。

当脚离开甲板,跨上湿漉漉的石阶时,我留意到了自己"向上"的动作,我很满意这个仪式:我是乘船来的,我是登上它的。

是的,我登临了姑苏城。

我想,许多年前,那些油纸伞,那些长衫客,应是以同样方式抵达她的吧。这座城,你须慢慢来,无声地、寂寞地来,在雨天。

这是一座爱情繁忙的城池。

桨声柳影，藕花深处，许多清凉的女子，进进出出。

西施、虞姬、叶小鸾、柳如是、董小宛、陈圆圆……她们皆踏波而来，泛舟而去。美，适合走水路，旱地太粗粝。

她们是文学和时间的恋人。

凡美，无不以悲剧存档。

爱情叫人幸福，但它让人快乐吗？

不，它只是在事后看来，阅读者看来，仿佛一种快乐。爱情在其大部分时间里，乃一种生命凌乱了的状态，一种晕眩、刺痛和折磨，类似疾病。

爱情的降临毫无逻辑，仿佛一朵杏花，高处坠落，你刚巧路过，被砸中，不省人事。

男女间的亲密有两种，一种拥抱了皮肉，一种拥抱了骨骼。在线订小说里，在深夜古琴中，在苏州评弹、昆曲唱腔间，你常听见骨骼撞击的声音，像玉碎，让人痛彻，隐隐动容。

真正的爱情，参与者稀少。大部分人只是观众，一辈子偷享别人的故事。

我对姑苏的印象，是从童年开始的。

那时，父亲总喜欢贴一些"中国风光"的年画，其中有"苏州园林"和"北京名胜"，我隐隐觉出，自己是偏爱南方的，尤其芭蕉、棕竹、山茶、蒲葵、玉兰、绿萝……为我生平未见，那肥硕的绿意，水汪汪的翠色，让我欢欣鼓舞，觉得"生长"是如此简单和幸福。

还有一点，在年少的我看来，南方园子是用来住的，不是用来供的。曲水叠石间，似有人影婆娑、暗香浮动，似有浅浅的笑声琴语传出。

南北建筑之形体、气质迥异，北者显恢宏、绮丽、堂皇，有贵胄之气和凌骄之势；南者泛幽微、静谧、柔情，散着舒适感和亲和力。后来我明白了，一则是庙堂，一则是民间；京城乃御苑，江南乃私庭。我对这个"私"感兴趣，心想，这大概算中国人最美的"家"了罢。而我费解的是：既然是人家辛辛苦苦造的私宅，何以成了大家的"公园"呢？若始料今日，主人还有那兴致吗？

许多年后，当我缓步于晋中平原、浙皖深山，惊叹于那些深阔美奂的世家大宅时，该疑问又再次浮上。我忍不住打听其后人下落，要知道，于今的所谓文化遗产，那一砖一石，一雕一柱，皆人家满世界采集来的啊，凝聚了几辈人的勤勉、雅兴和银两。

父亲的年画，让我对江南、对吴越，情窦初开。

前面说过，我毕业后客居的那座城，竟然就位于大运河的中枢，有"江北小苏州"之称。河道穿城而过，留下了许多石桥和老码头。也就是说，一条鱼，若有意，可从太湖甚至西湖游至这儿。同样，若弄到一叶小舟，从这儿起橹，半个月工夫，即可经扬州至苏锡、钱塘。某年春，和一位写诗的朋友夜游到一座石拱桥上，望着千年的冷水，他突然冒出一句：

"腰缠十万贯，骑鹤下扬州。"

一瞬间，我觉得月色特别迷人，像女人微微的窃笑。

后来，他不写诗了，再后来，有了很多钱。

不知他是否还惦念着遥远的扬州。

结语

发现"南方"，于我是一场拯救和修复。

于我干燥的精神体质和私人生活，于我常年做新闻积下的沉郁，于我被理性和逻辑折磨的面孔……她的水，她的花，都是一种宝贵的感性滋养和美学浸润。

朋友调侃：江南的甜食，会不会让你骨头变酥？

我笑曰不会。

别忘了，江南不仅有园林，还有"东林"；姑苏除了桃花柳莺、胭脂粉词，还有金圣叹和《五人墓碑记》的故事。

日前，无锡召集文化论坛，邀我给当地写一段话。

我抄录于此，且作本文的小结吧——

"这些年，凡往江南，必徘徊无锡。这是一座有氤氲感的城市，我喜欢鼋头渚的浩渺烟波、寄畅园的幽微清凉、南长街的精致市井……它们分别满足了我对人生之'显'和'隐'的想象。尤喜它的美食，甜糯、温婉、柔绵，用一句'藕花深处'形容再恰当不过。我以为，'东林'士子的家国使命和清洁的灵魂诉求，近现代的工商文化、财富观和经营观，应该是无锡精神的两张名片，它们对智识、生活、资财、信仰的安顿和价值观设计，具有传统和现代的双重意义，在国人的精神资源中，是极富光芒和瑰色的。这些皆拜太湖所赐，是太湖的辽阔、空蒙、通达与富饶，启蒙了它们。另外，无锡最让我迷恋的，是它带来的灵魂上的舒适感和微醺感，一个北方文人的身心是很容易被江南俘获的，比如在我眼里，'烟雨'和'桂香'不仅是江南的尤物，更是江南的灵魂，于我有着致命诱惑。在无锡，我遇见过最美的烟雨和最甜的桂香……感谢那些把我带上雨夜山岗的人，感谢那些引我步入桂花幽径的人。太湖的美，与人有关，与书卷有关，与人的气质和气息有关。"

言无锡，实江南。

2019 年 7 月 14 日夜

轮椅上的
那个年轻人，起身走了

疾病，在常人身上是纯苦的累赘，在他那儿，却成了哲学，成了修行，成了生命最普通的行李。他让你发现：原来，肉体可以居住在精神里，世界可以折叠成一副轮椅。

1

北京园子里，地坛，是我颇觉乏味的一个，尤其盛夏，像抽干了水的池子，让人焦灼。

即便如此，在我心里，仍是器重它的，因为一个人和一篇散文。

二十年前，大学的最后一个夏天，在阅览室翻杂志，忽遇一文，不觉间，身子肃立起来。

它把我拐跑了，去了很远的地方，那儿长满荒草和古柏，除了僻静、空荡和潮湿的虫鸣，只剩一个小伙子和他的轮椅。那个脸色苍白、被孤独笼罩的青年，那个消沉倦怠、无事可做的青年，那个在灿烂之年猝然摔倒的青年，终日躲在其中，在墙角，在荫下，漫无边际地冥想，关于青春、疾病、身体、活着的意义……与之相伴的，只有光影、落叶和衰老的年轮。暮色苍茫时，母亲细弱的寻唤，云丝般飘来，他选择答应，或沉默。

这是"一座废弃的古园"。这个自感被废弃的人叹道。

"搬过几次家，可搬来搬去总是在它周围，而且越搬离它越近了。我常觉得这中间有宿命的味道：仿佛这古园就是为了等我。"

对一个刚结束身体发育、精神正闹饥荒的学生来说，那个阅览室的下午，犹如节日。傍晚时，他一溜烟跑向复印室，把整篇文章揣进书包。

《我与地坛》，作者史铁生，《上海文学》1991年第1期。

大概又过了十年，我才真正跨进那园子。

对它，我早早存下了一份敬意和暗恋，仿佛那并非公园，而是一个人的心灵私宅、精神故居。其间的一草一木，都是被喂养过的，被一个年轻人的寂寞，被他的时针，被他心里的荒凉和云烟。

入门前，我迟疑了，顿住，觉得不该这么随便进去，似乎需要一个仪式，该向谁通报一声。而且它不应收门票的，或者，来客带一册书刊，收有《我与地坛》的那种，权当名帖或请柬了。如此，我才觉得不鲁莽，经了主人的同意。

"四百多年里，它一面剥蚀了古殿檐头浮夸的琉璃，淡褪了门壁上炫耀的朱红……十五年前的一个下午，我摇着轮椅进入园中，它为一个失魂落魄的人把一切都准备好了。那时，太阳循着亘古不变的路途正越来越大，也越红。在满园弥漫的沉静光芒中，一个人更容易看到时间，并看见自己的身影。"

我东张西望，找什么呢？

找一个年轻人，找他的车辙，找端详过他和被他端详过的东西。我很急切，一个年轻人对另一个年轻人的急切。

其实我不该来。地坛早没了文中描述的清寂，修饬一新的它，像个思想被改造过的人，没了杂草裸土，没了野性、不规则和迷失感，没了可藏身的自由。印象中，它该是茂盛深阔、曲幽弯折的，没有头绪，但能藏住很多东西，能收留很多的人和事。

它变肤浅了。

终于确信：那人走了，不住这儿了。

我也该走了。没事我就不来了。

但我知道他在这座城池里，他在一个人生病。

那种病，漫长、坚忍、安静，犹如事业。

如果说世上有什么纯属私事，那就是生病。生病会让一个人的身体极度孤独，也会让精神极度纯粹，尤其上帝给他的那种病。

2

无论作品或生涯、肉体或精神，史铁生都是和"意义""终极"打交道的那类人，也是最亲近灵魂真相和永恒的那类人，我称之为生命修士。

疾病，在常人身上是纯苦的累赘，在他那儿，却成了哲学，成了修行，成了生命最普通的行李。他让你发现：原来，肉体可以居住在精神里，世界可以折叠成一副轮椅。

"职业是生病，业余在写作。"他笑得晴朗，像秋天。

一个以告别方式生活的人，一个倒着向前走的人。

他的从容、镇静、平淡，他健康无比的神态，让你醒悟：焦虑、惊惧、凄愁、怨愤——是多大的荒谬与失误。不应该，也没理由。

"死是一件不必急于求成的事，死是一个必然会降临的节日。"

他说中了。他注解了自己。

2010年最后一天，上午醒来，打开我的手机，涌入最多的短信，不是"新年快乐"，而是"史铁生走了"。

"时间不早了，可我一刻也不想离开你，一刻也不想离开你，可时间毕竟是不早了。"

他赶上了新年，选择了宇宙新旧交替之际，愈发像个仪式。

我并不悲伤，甚至不觉得是个噩耗。它更像个消息，一个由他本人发布的通知。

我只觉得周围的景物有点恍惚、陌生。

对很多喜欢或热爱的人，我们并不期待撞面，只知彼此都在就满足了。当有一天，对方突然离去，我们最大的感受，或许并非痛苦，而是失落，是孤独，是对"空位"的不适应。就像影院里看电影，忽然身边的人起身走了，留下个空座，你会不安，盼那个陌生人再回来……

那天的短信中，有位母亲说，她特意朗读了《我与地坛》，儿子静静地听……孩子小，不太懂，但说了句，妈妈你念得真好。

和我一样，她不悲痛，只是告别。

因为他从来不是一个悲剧。

新年钟声响了，在稀疏的报道中，我知道了些最后的情景——

凌晨3点46分，他因脑溢血在北京宣武医院去世。6时许，按其遗愿，肝脏被移植给天津一位病人。上午，在该院脑外科的交班会上，一位教授向同事深情地说："从昨天夜里到今天凌晨，有位伟大的中国作家，从我们这里走了。他，用自己充满磨难的一生，实践了生前的两条诺言，呼吸时要有尊严地活着，临走时，他又毫不吝惜地将身体的一部分传递给了别人。我自己、我们全科、我们全院、我们全国的脑外科大夫，都要向他——史铁生先生致以崇高的敬意。"

3

那个轮椅上的人，起身走了，几乎带着微笑。

按他的说法，这不是突然，是准时，是如期。

那一天，世上的喜悦并未减少。那一天，会有很多婴儿来到世间，很多新的人生正徐徐展开，像蝴蝶试验她们的翅膀。

多年后，在中学课本里，这群长大的孩子会邂逅一篇叫《我与地坛》的散文，会像那轮椅上的年轻人一样，思考青春、梦想、活着的意义……

那是所有人都会遇到的考题。所有答卷中，有一份完美的卷子，那个考生，叫史铁生。

终于，我可以正式地怀念他，毫不吝啬地赞美他了。

他属于那种人——

他们以自己的生活、体态和穿越岁月时的神情，给时代肖像、给人类精神添加着美、尊严和荣誉。

正因空气中有其体温，树木上有其指纹，这世界才不荒凉，街道才不冰冷。他们不会让天变蓝，却让大家对天空保持积极的想象。他不能搬开大地上的垃圾，无力拔除民间疾苦，却让我们觉得可以忍受，可以坚持，继续对时代留有信心与好感。

无论遭遇什么，只要一想到，人群中包含他们，大家一起走，一起唱，一起看花开花落、云卷云舒，一起承担每个明亮或昏暗的日子……我们即会坚称这世界很美好、这人生值得过。无论个体命运多么黯淡，只要一想到，这是个曾来过孔子、苏格拉底、李白、苏轼、普希金、莫扎特、贝多芬、安徒生、莎士比亚、罗曼·罗兰、阿赫玛托娃、德兰修女、几米漫画、丁丁历险记的世界，这是留有其作品和足迹的世界，我们即会情不自禁地微笑，对生活作出肯定性的投票。

与之为伍，这是我们热爱生活的重要依据，也是幸福感的来源之一。

史铁生，即他们中的一个。

往日，我们若无其事地分享他，习以为常，直到其走了，才倏然一惊：他多么重要！多么值得感谢！

4

最后，我还想对地坛说点什么。

年初，我又悄悄来看过你一回。

我来，是想告诉你，轮椅上的那个小伙子走了。

我猜，远行前，他的灵魂肯定也来过，向你告别。

我来，还想告诉你，我觉得你应该做点什么。

比如，在一棵树下，放一位年轻人的雕像。

甚至，可邀请他长眠于此，如果他愿意。

2012 年

>> 2010 年 12 月 31 日凌晨 3 点 46 分，著名作家史铁生在北京宣武医院病逝，告别了他长达 38 年的轮椅生涯。根据遗愿，不举行遗体告别仪式，器官捐献给医学研究。当日 6 时许，其肝脏移植给天津的一位病人。

一个房奴的精神大字报
——以一位女同事的牢骚为例

　　唉，他悲天悯人地摇摇头。你现在住的只能叫"空间"……"屋"是四壁完整、基顶俱全的一个独立系统，而"宅"是有院落的，前庭后院，有树有景，那是个更生动丰富的系统。现在的房，叫房有点夸张，充其量是一个"位"，如公共汽车上的一个座椅，而车厢就是整个楼体……

聊天日期：2007年4月一天。

聊天地点：北京"黑暗餐厅"。

三年前，我开始策划那个梦想：在这个没有边界、连鸟的脑雷达都会失灵的城池里，觅一处自己的巢。这是个弱不禁风的梦想，如果在北京，你就会承认这一点。每天上下班，我纤细的脖子总要拉直，向半空中那些巨幅的楼盘广告表示仰慕，我想，那一定是副可怜虫的媚态。广告牌的神情个个像"二奶"，也像鹭鸶，腿细而倨傲，她们被宠坏了。

到处都是埋伏，我知道。城市里趴满蜘蛛精，她们就在那儿等你，在你每天的必由之路上，矜持而又随意，我想起T台上的那些模特，她们腰肢旁的小挂牌，风铃状，就是专等时代的某一只手来摘的，一触即响，应声飞快，而且是欢快，少女胸腔里发出的那种。"银铃般的笑声"，大叔们形容得真好。

风铃、蛛网，都是埋伏，带着一股中央环岛的傲慢。

或许城池本身就是一个天然埋伏，游户一进城，就掉入了一个圈套。

一座庞大的迷雾重重、吊诡烁烁的生存棋枰。

表面上名词，骨子里全是形容词，瞧瞧吧——

"爱琴海""水岸长汀""雨林水郡""枫丹白露""棕榈人家""爱丁堡""竹天下""假日花都""瓦尔登湖""野草莓地""格林小镇"……

这让我很气愤，表面上一本正经的名词，全他妈撺掇形容词的劲。全是时令、山水、草木、词牌儿和世界名著，文化人的腐馊，还有狗屁诗人的狐臭。我有一写诗的姐儿们，就去了售房广告公司，专门绣这些风花雪月的词，啥玩意稀罕，就往里整啥，扶上几棵树苗就敢叫"雨林"，挖条水沟就惊呼"地中海"，堆个土丘就狂称"云上的日子"……这哪是比喻，简直就是胡说。

时代最大的腐败就是滥用形容词。

我发誓，要买就买个名词出身的楼盘，要嫁就嫁个忠厚人，别花花肠子。可我傻眼了，没有，这年头根本没有，把楼市报纸睃个遍，甭想瞅见一个老实巴交的词儿，比不喂农药的青菜还稀罕。既然绝望，索性绝到底，嫁个恬不知耻的家伙吧，这个咋样？"诗意栖息，天堂隔壁"，牛皮吹得大吧！大得像郭德纲，属气球的，我喜欢。投奔庸俗和露骨，是因为我想放弃挣扎，早投降早歇息。

在流氓中挑选意中人，谎言里拣最露骨的。

干什么都耗油的时代，我做一盏省油的灯。

言归正传，期房，楼花。

真他妈越来越怀念人类的昨天，想想古代集市，你说那会儿的人多淳朴、多有安全感啊，买椟还珠、郑人买履，反正大伙儿都笨，"端木陶朱"供奉了两千年，童叟无欺，一文银一分货，交钱拎货走人，省力省心省事。谁发明的期房这玩意儿啊？看不见摸不着，整一个大画饼！论购物，我真想倒骑驴回去，回到《清明上河图》那会儿，哪怕原始社会都成，物物交换——更简单、更心安不是？

想起开发商我就怀念旧社会。

去过数不清的房展会，每次都从巨大的鼎沸中落荒而逃，彩旗、喇叭、传单、演讲、煽情、推搡……漩涡里有股暴乱的气味，一踏进就有种不祥，大脑缺氧。沙盘像草莓蛋糕一样诱人，我知道里面埋着老鼠夹子。我没有照妖镜，我不是人家的对手，我害怕复杂，我三十年的快乐全仰仗简单，可社会就这么复杂，生活就这么深奥，它逼你去学知识、练眼力、壮胆魄，否则结局只一个：你成了"复杂"的受害者！你沦为"深奥"的牺牲品！

我多崇拜那个叫舒可心的律师，你知道吗？就是那个著名的维权专家，他天天挥舞披荆斩棘的手、打各种难缠的房产官司。一个人代表智慧、良心、激情，多么伟大！我曾近距离采访过这张脸——相当于《高端访问》里水均益和阿拉法特的距离，谈到他为之奋斗的那些人，他总愤怒，那是一种面对阿Q的愤怒，仿佛在说，你们怎么这般不中用？怎么这般窝囊废？那是混合怜悯和鄙夷的咆哮。尊敬的舒老师，一张典型的国字脸，因愤怒而更饱满，饱满得让我想起"人民"和"九百六十万平方公里"这些词。他深刻，因深刻而强悍，他用自己的深刻同对手的复杂英勇搏斗，那是你中有我、我中有你的肉搏战、焦土战。可我不行，舒老师您再怎么鼓励和生气都没用，我就是没出息，我就是不争气的屃货。记得那次采访完，您狐疑地扫了我一眼，您一定瞧出来了，这丫头虽套着记者的马甲，但生活中是碗稀饭，成不了自己的同志。

没错，我还没正式买房，就早早被您说的那些事吓瘫了。

但我深知您是对的，生活需要战斗！您就是这个时代的战斗机，乌云密布，需要您雄鹰般的身影！雄鹰，一百架、一千架才好！

我租住在四环边一座高架桥畔的公寓，便宜，也不便宜，月租一千二。

夜晚，我会打开小区的业主论坛瞥两眼，那儿充满了一股火药味，或者说"舒可心味"：车位侵占、物业公告、电气收费、罚款通知、最后通牒、狗咬人事件、电梯断电真相、业委会内讧、选举风波、罢免倡议书、水污染调查……几乎所有人都在紧张地防范，或者进攻，火热地投身什么波澜壮阔的运动……大家都在提高智商、狂练逻辑、恶补法律，争取变得更强大更彪悍、更振振有词和不吃亏。这就是生活，晚饭后至入睡前的夜生活，亦即电视剧《亮剑》精神号角下的生活，叫什么"狭路相逢勇者胜"。

我跟不上，俨然一个被淘汰的人，一只作壁上观的壁虎。可是舒律师您知道吗？要战斗就得怀揣炸药包，要全身披挂跃马挺枪，而我天生身子骨孱，背不动那些装备。我只想轻轻松松，最好一股敌人都遇不上，换句话说，我属于那类人：只想着早一点儿开始生活，而不想在准备生活上花心思、耗元气；我从不想去改造这个社会，而只做着时代的美梦；我不想维什么权，我只怔怔地看着别人维权；我一点儿不想参加革命，却想白拿革命结出的果实。我对你们的敬意掩盖不了我自私的嘴脸，我怯懦得近乎小人，我很卑鄙是吗？要搁战场上，您早把我当逃兵给毙了，唉，幸好我是女人，否则没女人在我身边有安全感。

我无法器重自己，一丁点不喜欢自己，但我爱自己。马克思说得对，改造世界比解释世界伟大，我知道只贪图私生活是可耻的，但我确实不爱打架，一闻见硝烟味儿就窒息，这叫性格或人格哮喘？

终于有一天，我买下了自己的楼花，那个叫"诗意栖息"的画饼。我订的是90平方米的一款饼。

不挑拣了，固执的感觉真好。我悲壮地接过笔，在一叠房贷书上画押。抛去首付，50万人民币，20年还清。20年，按世界妇女的平均寿命，我还有两个20年。鬼使神差，签完字，我竟情不自禁在名字后画了个句号，房贷员愣了愣，对不起，不是故意的，那一刻，我有一种"生活开始了"的激动，再不用失魂落魄地出没于展会了，再不用苍蝇般叮那些沙盘了，再不用诚惶诚恐怀疑自己智商了。我发誓，本小姐此生绝不再购房。

别了开发商，别了，万恶的房展会，见鬼去吧！

而后，我打车直奔那块堆满垃圾的地皮。既然破败，那就深情地欣赏它的破败吧，还有荒凉之上矗立的宣言："诗意栖息，天堂隔壁！"不对，那"壁"字怎么错了啊？开发商竟把"壁"写成了"璧"！

六百多个日夜过去了，荒凉终于长出了庄稼。虽然距"天堂"很远，但我不失望，因为未奢望。什么量房啊、查验啊、测室内空气啊，统统与我无关，我是照单全收。收房那天，别人都带着水盆、卷尺、锤子、乒乓球、计算器……我知道，这整套的装备都出自网上弹药库、正规军。我赤手空拳，压根不打算遇敌。事实上，啥硝烟味也没闻见，没见谁真和开发商较劲，收款台前，大家像幼教班一样排成长队，乖乖地交钱、刷单。

从此，兜里多了一串沉甸甸的钥匙。这是楼板的分量，这是"业主"一词的分量，虽然分量的大头还攥在银行手里。

狗屁精装！才入住仨月，水管渗漏，墙漆脱皮，水龙头坏俩，门吸磕掉一个。但骂归骂，并不真动气，在社区论坛、网上新闻，我早见识过了。

白天，我更玩命地干活，每月多做半个片子，我要为银行加班，我要为房子输血，我要为它奋斗终身。一到晚上，它就为我效劳了，像一个松软的巢，收藏我的疲惫和凌乱的羽毛。总之，入住之初，还算是"痛并快乐着"，可渐渐，快乐像咖啡沫一点点瘦下去。

房子在五环外，一段地铁加一截轻轨再续几站公交，往返三小时，加上天下闻名的"首堵"，那种折腾，每天感觉像是在出差。回到小区，夜色已浓，27层的电梯门徐徐闪开，只觉得头晕，晕机晕船的恶心。房门在身后"砰"地扣上，忽觉得自己被锁进了一个抽屉，一个昂贵的抽屉，一个冰凉的悬空的抽屉，一个不分东南西北的抽屉，一个闷罐无声的抽屉……我弄不清究竟是生活在里面，还是躲藏或被关押在了里面；究竟这抽屉属于我，还是我被分配给了这抽屉？我感觉自己就像一只蟑螂或小白鼠，是被强塞进来给抽屉填空的。究竟谁消费谁、谁支配谁呢？我恍惚了，我也不知道周围的抽屉里都装着谁，或者空空荡荡……原以为有了这样一个抽屉，生活就此开启，可为何仍无"到位"的感觉呢？一切如故，没有变。

这个小区，按北京流行语，乃名副其实的"睡城"。也就是说，大家在这儿的所谓生活，主打内容就一项：睡觉！早出晚归，来此就是睡一觉。可不是吗？小区清一色的塔楼，形体、高度、外观一模一样，像一群多胞胎，楼间距很小，没啥地儿可遛弯，连狗都不愿出门，或者说狗都怕出门，一旦和主人走散，就认不清家了。

那么，我倒霉的抽屉，所谓的"家"又如何定位呢？有一次走到楼下，我突然意识到这个问题。仰起脖子，我发现根本找不见自己的窗户，我举着手指，念念有词，直到头晕目眩，也没数准27层的位置。所有的窗户都表情一致，那是一种嘲笑的表情，在嘲笑我。你尝过站在自家楼下——愣是瞅不见家的滋味吗？这感觉让人发疯。

这么说来，我辛辛苦苦挣来的家，不过是城市里的一片马赛克？一块带编号的砖？每天的所谓回家，莫非只是为了走回那个编号、像进电影院般对号入座？唯一区别即我买的是年票，70年通票。

除了那串编号，还能用什么来描述我的家呢？我还有让别人找到我的其他线索吗？我甚至想，若某天我突然失忆，老年痴呆什么的，忘了那个编号，我怎么回家呢？想想真怕了，忘掉数字于我乃家常便饭，身份证、信用卡、存折、电话、邮箱的密码……在我脑褶里从来是一团糨糊。

那天过后，我郑重地做了一件事：把我的小区、楼号、单元、门牌——工工整整地抄在手机记事簿里。我想，如果哪天我失忆或脑子短路了，至少聪明的警察能发现这条重要线索并把我送回家罢。我发誓，我没开玩笑。

我成了个胡思乱想的人。女友怜惜地说，你是不是病了？这就是最正常的生活啊。我想，我可能真是病了。她说，结婚吧，俩人就好了。唉，结婚又怎样？抽屉里关一只蟑螂和关两只蟑螂区别大吗？

新小区的业主论坛我很少看，最近进去吓了一跳，那儿已变成了滑铁卢！无数人在厮杀，无数帖子在冲锋，无数口水在飞舞，原来是自来水惹的祸，小区水发黄发浊，早就是事实，开发商称已申请将自采水转为市政水，可迟迟未果，清理水井的承诺也未落实，而现有采水面太浅，易受邻近药厂污染。奇怪的是，明明大家有一个公敌——开发商，可到头来竟同室操戈，变成一场业主内乱，很有点法国大革命雅各宾派和吉伦特派的意思，激进者要拉横幅在小区游行，温和派呼吁理性和程序，还有水样检测、组织抗争所需经费，是自愿募集还是公摊均担……我好奇地打开一张贴图，那是激进派狂草的横幅："不在沉默中爆发，就在沉默中被毒死！"还有一条颇似行为艺术的号召：请大家在各自窗户上贴一幅大大的"水"字！理由是吸引媒体和眼球，这年头形式大于一切。

唉，我又叹口气。一个远离革命的小人的叹息。不知怎的，我非但不沮丧，不为水的命运担心，反而有点快慰，这至少证明了一个事实：这睡城还是有激情的，这池塘还是有波澜的。

但很快发现，这波澜仅限于网络池塘，现实中毫无动响，仿佛一切都在梦游，一连几天，我没瞅见一面贴"水"的玻璃，小区的白天平静得很，人影都难见，可一到深夜，网上又沸腾起来，昨夜的池塘又登场了，依然蛙声一片，鼓角连天。

这究竟怎么回事？

在这个如火如荼的池塘里，我没有敌人，也没有朋友，除了懒洋洋拖一下鼠标，俨然一条睁眼睡觉的泥鳅……一位同事说：正因为你没有敌人，才没有朋友。还说，知道什么叫生活吗？生活就是博弈！

靠，生活怎么变成博弈了呢？怎么所有人都满嘴舒可心口气？舒可心，一支流行牙膏？

我还是不甘，就是不甘。你们有没有搞错？"准备生活"怎么能和"生活"混为一谈呢？博弈顶多是为生活而做的准备，就像革命是为了从此不再革命，是为了今后好好过日子，革命怎么能成为革命之目的呢？博来搏去精疲力尽而真正的生活啥时候开始？你们说自己一直在生活，说眼下的斗争就是生活，可我怎么觉得这仅仅是生存而非生活呢？炮声一歇巴顿将军就撞树死了，因为那是他唯一的快感，你们从斗争中也获得了快感？如果准备生活占领了我们的全部光阴，那纯粹的人生又在哪里？

啥才算真正的生活？

从前人不是这样过的，未来人也肯定不这样过，为什么今天就只能这样呢？生活的本来面目是什么？谁还记得它从前的模样？三百年前，张潮的《幽梦影》中说："春听鸟声，夏听蝉声，秋听虫声，冬听雪声；白昼听棋声，月下听箫声，山中听松声，水际听欸乃声……方不虚生此耳。"

方不虚生此耳。和他老人家比，我活得像混凝土。全世界都像混凝土。每个人都是一块砖，一块失魂落魄的砖，在纸币大风中飘摇起落的砖。

我采访过一个行为艺术家，叫莽夫。有开发商搭了一间造型像襁褓的玻璃房，请他在楼盘前做一次名曰"哺乳"的生存试验：为期一个月，吃喝拉撒皆其中，同时配给的，还有一婴儿奶瓶、一50倍的望远镜、一记事簿，随你怎么折腾，不外出就行。

开发商称此举是向公众展示：好楼盘就像一只奶瓶，给人提供系统性的母爱般的喂养。我对开发商的胡说不感兴趣，只对这个可怜的住户颇好奇，因为那个密封容器让我想起了自己的抽屉，我想知道这一个月的刑期里他干了些什么？他又能干什么呢？

采访让我失望，艺术家一个劲骂娘，说就为赚钱，没别的。或许看出了我的沮丧，他想了想，说望远镜帮了大忙，让他总算有点儿事干：搜索鸟、树、星星……丫的，方圆一公里，共找出9只鸟、12棵树。他恶狠狠地说。

呵呵，我笑了。节目做不成，但挺开心。我觉得他和我有点儿像，我们都有点不正常。

末了，他突然问：买房了吗？我说买了。贷款？我点头。他叹口气，有点怜惜地望着我：有一天，午睡醒来，发现玻璃外趴着一只蜗牛，蜗牛——真他妈奇迹，这地儿还能遇见蜗牛！开始我多么感激这蜗牛，它终于让我有事做了，可很快，我觉得难受，视觉上不舒服，它爬得如此之慢，像金字塔下的一个奴工，它要驮着自己的房子过一辈子，它要为那个壳终生服役。我才不那么傻，我不买房，我不能让一个壳子来剥削我，我不能背那么重的东西走路，那会把魂儿给丢了的。

我隐隐动容，这是个伟大的家伙。他的话很玄，带着股神谕或暗器的风力。

但总要有自己的房子吧？我问。

那我就回老家去，他满脸兴奋，我是农村户口，家里有地，有菜园，我要建一栋真正的房子，不是你想的那种别墅，是我们老家最普通的那种，那才叫真正的房子，连天接地，坐北朝南，有鸡飞狗跳，有春夏秋冬……你住几层？他突然想起了什么。

27 层，我有点心虚。

唉，他又悲天悯人地摇摇头。知道吗？你现在住的只能叫"空间"，根本不能叫"屋"，更不配叫"宅"。"屋"是四壁完整、基顶俱全的一个独立系统，而"宅"是有院落的，前庭后院，有树有景，那是个更生动丰富的系统。现在的房，叫房有点夸张，充其量是一个"位"，如同公共汽车上的一个座椅，而车厢就是整个楼体，大家共有……还有啊，人无论如何不能住得比树高，这不合天道，你想啊，鸟是生存界最高的动物，也不过住到了树这一层，上苍造树，就是为生灵遮风挡雨、蔽日育荫的，你住那么高，树的这个功能就荒废了，或者说，树的这个美德就落空了，这违反造物之理，负天道，则命短……

我傻傻地说不出话。想逃，可拔不动腿。

吓着你了吧？莫怕莫怕，他收起智慧，又恢复了邋遢。

我又不是灵芝仙草，住那么滋润干吗，你懂风水？

不，他摇头。他说上面那番意思是他这30天看高楼大厦悟到的。

后来又絮叨啥不记得了，除了一句。

他说，人不能给自己造一座山。

是啊，房子源于山水草木，乃大自然赐予人的礼物，它何时变成人身上的一座山了呢？人何时变成自己的工具的工具了呢？

我们还有能力让事物恢复它的本来面目吗？我们还有足够的智慧与灵性过好一生吗？

2007 年 5 月

>>> "房奴"一词，最早出现在 2006 年的网络社区上，此前中国刚完成第一波房贷潮，该词一诞生，即引起社会强烈共鸣。本文作于 2007 年。

对动物权利的
声援

　　请记住，人和动物之间存在的
所有可能、建立起来的全部关系，
迟早都会回到人身上，回到一个人
和另一个人之间，回到人际伦理和
道德领域，它一点都不浪费。冷漠、
狭私、贪婪、野蛮、残忍，会回来；
温情、怜悯、仁慈、慷慨、体恤，
也会回来。

1

动物保护者常遇这样的讥讽：为何鸡鸭吃得而狗肉吃不得？

我的反应是：沉默。

你无法用对手的逻辑去说服对手。你们是精神上的异族。

不在同一个语境，即不在同一个世界。

后来，一个少年向我提了同样问题，我想，必须试着解释，因为他眼神里含着焦虑。

我先说了桩几千年前的事——

孔子的狗死了，托弟子去掩埋，特意嘱咐："路马死则葬之以帷，狗则葬之以盖……今吾贫无盖，于其封也，与之席，无使其首陷于土也。"大意是：马去世，要用布裹其身，狗下葬，要以车盖罩护，如今我一贫如洗，但请你务必罩一床竹席，以免它的脸被土弄脏。

何以如此庄重待一条狗？

关乎"礼"，关乎"仁"，关乎悲悯和答谢，关乎生存伙伴间的义务。

狗之特殊在于：它和人之间有着牢固的眷属性，它是人的影子动物。

一只狗的生命感受、情感构造、智力活动，和一个天真儿童相仿。正是这种灵性，这种与人的生命密接，让狗摆脱了简单的实物角色和使用价值，使人报之以一种审美与亲情态度。对它的称呼，不再是族类统称，而是奖励了一个小儿昵称，它享有个体地位和情感户籍。

诸如猫狗，是分享人类文明最多的动物，分享越多，承载即越多，而其一旦被侵害，该承载即被侵害，人对之的眷属情感即遭重创。同时，受损的文明，一定会在人类成员内部寻找牺牲品，许多用于动物的虐杀手段，最终变成了人间酷刑，成了人惩罚人的方式。

一欧洲游客，见中国超市出售活鱼，且当场剖膛掏肚，大惊。原来，对方的经验是：大到猪牛、小至鱼兔，多取电击，且彼此隔离，不让动物目睹同伴遭遇，故菜场罕见活物，即便有，也不直接售出，须由店家处理，如此，既防虐杀，又避免了血腥给人造成的不适。我听了很感慨，是啊，血腥场景、生命挣扎，不仅是一场暴力演示，还是一种视觉污染，它锻造你的铁石心肠。

这是文明做出的选择，旨在保护人的心灵环境。

狗的生命地位比人低，法律地位更低，伤害一只狗的代价微乎其微，但它释放出的残忍和冷漠，对文明的侵略、对心灵的报复，却能量巨大。

当然，只有心性敏细者，才能感受并认同这些。一个灵魂结了冰的人，一个达尔文主义者，会搬出无数逻辑宣扬人的特权，替饕餮辩护。

吃或不吃，非真理之争，非智识之辩，乃纯粹的立场选择。就像信仰即愿意信仰，就像一个成年人爱不爱童话，取决于他的精神体质，取决于他有无心灵宗教。

一个人，在日常事务和社会理性上，不妨是坚定的和平主义者或维权斗士，但这往往只在人类界面上有用，换成大自然界面，很可能露出一副纳粹嘴脸。

这种人，思想上有迷人笑容和整洁牙齿，但心灵深处，犬牙交错。

他不咬人，却时刻准备扑向一只和他操不同语种的动物。

2

没有买卖就没有杀害，没有消费即没有虐待。

2012年7月1日，美国加利福尼亚州一项法案正式生效，"禁止以迫害动物的方式生产和销售鹅肝食品"，这意味着饕餮客垂涎的"鹅肝酱"将从当地消失。"鹅肝酱"，西餐第一美味，其来路却异常惨烈：以插管给鹅鸭昼夜填食，剥夺活动空间，使之生出超常十倍的肝脏。每碟"鹅肝酱"，都是一部鹅鸭酷刑生涯的缩写。在饲养者眼里，鹅鸭不过是一坨放大镜下的肝脏，没有生命特征，没有主体性，其肉身只是繁殖肝脏的容器，只是肝脏的附件和配套设施。

"鹅肝酱"，它真正的饲养场是人之胃，是人的黑暗欲壑。

人，不是什么事都可以干的。很多时候，欲望自缚，即精神自救。

动物福利的最终收益，是人权收益和道德收益。反之亦然，动物的险境，亦是人的险境。

中国古代刑术，不仅名目繁多，且恐怖诡异、令人惊悚，而其灵感和技术，多源于屠宰坊或厨房，源于针对动物肉身的肆意发明和操练。有道历史名菜，叫"烧鹅掌"，将活鹅置于炙板上，铁笼罩住，鹅掌遇烫，边惨叫边急跳，待其掌胀如团扇时割取，蘸佐料食之。巧得很，古代酷刑中，恰有"炮烙"一项，同出一辙，只是以人代鹅。

请记住，人和动物存在的所有可能、建立起来的全部关系，迟早都会回到人身上，回到一个人和另一个人之间，回到人际伦理和道德领域，它一点都不浪费。冷漠、狭私、贪婪、野蛮、残忍，会回来；温情、怜悯、仁慈、慷慨、体恤，也会回来。

3

为支持"人"这一物种活得滋润，大自然尤其生物界已倾其所有，牺牲了大部分成员，人类应懂得感恩和节俭。所谓"生存共同体"，并非仅在人与人之间缔结，而应在人类与万物之间展开。一个文明族群，不仅要谋求同胞的尊严和福祉，还应学会体恤、让利于异类生命，否则，人类取得的所有道德成就，都变得鬼鬼祟祟、形迹可疑。

有一类生命，最值得人感恩并心存愧疚："实验动物"。

从解剖学诞生起，它们即用自己廉价的命运改善着人的命运，用无数的非正常死亡延缓着人的死亡。尤其生物医学和药品研发，作为活体试验品，作为人的替身，它们以盾牌的方式承揽了科研所需的各种"后果"。

人类欠它们的，永远还不清。但要努力偿还，哪怕一寸一厘。

一位业界朋友说，国内一些动物实验论文常遭国际期刊拒绝，因为对方要求出具动物福利报告，比如一只白鼠，你要用它做实验，须保证其生活待遇、饲养环境、情绪状态，乃至死亡方式和身后事，都要合乎福利标准。而这些，往往是我们做不到或不屑做的。

20世纪下半叶以来，在许多国家，动物福利已大面积覆盖社会生活，比如影视拍摄，动物演员的安全和劳动强度要保障，若有伤害镜头，须注明是仿真或特效。若你在银幕上看见弱小动物与其天敌猛兽在一起，别误以为真，那并非实景，而是剪辑合成，因为动物有"免于恐惧的权利"。

以人道眼光看待动物，不为别的，因为它也是一条命，也有神经和心跳，也知饥饱冷暖，也有生育、哺乳和母爱……同样的生理逻辑，即有同样的苦乐感知。

弱肉强食，乃丛林定律，但人不仅要生存，还要生活，他过着一种叫"人生"的日子。当欲望变得有条件、有节制、有底线时，文明才显形。

此即住山洞与住屋舍的区别。

4

在价值观上，"环境伦理"是孕育"动物权利"的子宫，它是比人际伦理更大格局的道德成就，也是比环境科学更高层次的理性成就。

它以最辽阔的方式定义了"生存共同体"，重新诠释了"人类责任"，除了科学和实用逻辑，还输入了生命美学、心灵哲学和宗教神义。它不仅计算物质成果，还考虑精神收益。

在"人类中心论"眼里，万物皆役于我，一切乃人类资源和使用价值，重要与否，视用途大小。传统的环保理念，并未跳出该窠臼，依据仍是人本位和自保原则，只不过多了一腔忧患和悲天悯人。"动物权利"，则拆除了这道围墙，其精神起点，并非人的自我牺牲和单向度的善，而在于承认动物的自然权利和物种平等，它的奥秘在于：人类通过行为自律、克制欲望，让精神变得更廉洁，更有尊严和懂得自我器重，进而滋补人与人的关系，从而把人境升至一个新高度。人，是该契约的真正受惠者和被营养体。

借助对另类的态度，以修缮对同胞的态度，这绝非减法和亏损，而是加法，是精神上的进项。若说这是利己，则是伟大的利己和美德上的自我贿赂。

但常会发生这样的事：人被自己的行为犒赏了、反哺了，他却蒙在鼓里，只当自己是个活菩萨，是个甘愿吃亏的慈善家。

利益委屈和自我牺牲情结，往往是道德之暗敌。

有一种人，对世间的贡献即其生活本身。那是一种修士般的、聚精会神、每分钟都在自我完善的生活。他改变不了太多事实，却在精神上提升着"人"的定义和灵魂成就。

诺贝尔和平奖得主史怀哲医生，其美德不仅在于人道主义，还在于将人道主义引向了所有的生命体：

"除非你能拥抱并接纳所有生物，而非只将爱心局限于人类，不然你并不真的有怜悯之心。"

"伦理不仅与人，也与动物有关。动物和人一样渴求幸福、承受痛苦和畏惧死亡，若我们只是关心人与人的关系，那就不会真正文明起来，重要的是重视人与所有生命的关系。"

他不是斗争意义上的英雄，是和平意义上的英雄，是医生和护士意义上的英雄。

5

一只麻雀被曙光惊醒，向着未来的食物起飞。

一队蚂蚁扛着行李，抢在暴雨之前匆匆搬家。

一个婴儿啼哭的同时，一只雏鹰拱出了蛋壳。

每个生命都有自在的意义和进程，都有它分分秒秒的愿望，都有和人生一样的故事和戏剧性，若我们无视或歧视该意义，否决这些故事的尊严，任意染指它、篡改它，那人类的意义又由谁来指认呢？

若万物意义皆失，只剩人类自己的意义，那这意义无论怎么描绘，都像一桩阴谋和丑闻。

事实上，已没什么别的生灵妨碍人类事务了，唯一对手，即自身欲望。

人类，有些财产是不合天意的，其体重和行李太庞大。

他应重新核对并部分舍让，以削减欲望的臃肿。

在别的生物眼里，人之角色肯定是"敌"，因为他从事了远超普通地球乘客的掠猎，其资源范围远超食物，他洗劫了其他生物的家业，消耗了地球太多库存。可憎的是，人类不仅是敌人，还是恶人，其很多活动是不良的，属于恶性毁坏和糟蹋，甚至动摇了大自然根基。

或许，人类的前途应该是：只当有限的“敌人”，不当“恶人”。

敌人，是生物角色。恶人，是道德角色。

2012 年

>> 本文写作的 2012 年，活熊取胆、拦车救狗、狗肉节、虐猫等新闻事件持续发酵，成为社会热点，尤其在网络和社交媒体，围绕动物保护话题产生了激烈争议。

每个故乡
都在消逝（节选）

　　当一位长辈说自个儿是北京人时，脑海里浮动的一定是由老胡同、四合院、五月槐花、前门吆喝、六必居酱菜、小肠陈卤煮、王致和臭豆腐……组合成的整套记忆。或者说，是京城喂养出的那套热气腾腾的生活体系和价值观。

　　而今天，当一个青年自称北京人时，他指的一定是户籍和身份证，联想的也不外乎"房屋""产权""住址"等信息。

我要还家，我要转回故乡。

我要在故乡的天空下，沉默寡言或大声谈吐。

——海子

1

先讲个笑话。

一人号啕大哭，问究竟，答：把钱借给一个朋友，谁知他拿去整容了。

在《城市的世界》中，作者安东尼·奥罗姆说了一件事：帕特丽夏和儿时的邻居惊闻老房子即将拆除，立即动身，千里迢迢去看一眼曾生活的地方。他感叹道，"对我们这些局外人而言，那房子不过一种有形的物体罢了，但对于他们，却是人生的一部分。"

这样的心急，这样的驰往和刻不容缓，我深有体会。

现代拆迁的效率太可怕了，灰飞烟灭即一夜之间。来不及探亲，来不及告别，来不及救出一件遗物。对一位孝子来说，不能送终的遗憾，会让他失声痛哭。

2006 年，在做唐山大地震三十周年纪念节目时，我看到一位母亲动情地向儿子描述："地震前，唐山非常美，老矿务局辖区有花园、洋房，最漂亮的是铁菩萨山下的交际处……工人文化宫里面可真美啊，有座露天舞台，还有古典欧式的花墙，爬满了青藤……开滦矿务局有自己的体育馆、带跳台的游泳池，还有一个带落地窗的漂亮的大舞厅……"

大地震的可怕在于，它将生活连根拔起，摧毁着物象和视觉记忆的全部基础。做那组电视节目时，竟连一幅旧城容颜的图片都难觅。

1976 年后，新一代唐山人对故乡几乎完全失忆。几年前，一位美国摄影家把 1972 年途经此地时拍摄的照片送来展出，全唐山沸腾了，睹物思情，许多老人泣不成声。因为丧失了家的原址，三十年来，百万唐山人虽同有一个祭日，却无私人意义的祭奠地点。对亡灵的召唤，一直是十字路口一堆堆凌乱的纸灰。

一代人的祭日，一代人的乡愁。

比地震更可怕的，是一场叫"现代化改造"的人工手术。一次城市研讨会上，有建设部官员愤愤地说：中国，正变成由一千个雷同城市组成的国家。

如果说在这个世界上，每个人都只能指认和珍藏一个故乡，且故乡又是各自独立、不可混淆的，那么，面对千篇一律、形同神似的一千个城市，我们还有使用"故乡"一词的勇气和依据吗？我们还有抒情的可能和心灵基础吗？

是的，一千座镜像被打碎了，碾成粉，又从同一副模具里脱胎出来，它们不再是一个个、一座座，而是统一制服的克隆军团，是一个时代的集体分泌物。

每个故乡都在沦陷，每个故乡都因整容而毁容。

读过昆明诗人于坚一篇访谈，印象颇深。于坚是个热爱故乡的人，曾用很多美文描绘身边的风物。但十年后，他叹息："一个焕然一新的故乡，令我的写作就像一种谎言。"

是的，"90后"肯定认为于坚在撒谎、在梦呓。因为他说的内容，现实视野中根本没有对应物。该文还引了朋友们的议论："如果一个人突然在解放后失忆，再在今年醒来，他不可能找到家。""不可能，15年前失忆，现在肯定都找不到。"

相对而言，昆明的被篡改程度还算轻的。

2

"故乡"，不仅仅是个地址，它是有容颜和记忆能量、有年轮和光阴故事的，它需要视觉凭证，需要岁月依据，需要细节支撑，哪怕蛛丝马迹，哪怕一井一石一树……否则，一个游子何以与眼前的景象相认？何以肯定此即魂牵梦萦的旧影？

当眼前事物与记忆完全不符，当往事的青苔被抹干净，当没有一样东西提醒你曾与之耳鬓厮磨、朝夕相处……它还能让你激动吗？还有人生地点的意义吗？

那不过是个供邮政和交通使用的地址而已。就像如今北京的车站名，你若以为它们都代表"地点"并试图消费其实体，即大错特错了："公主坟"其实无坟，"九棵树"其实无树，"苹果园"其实无园，"隆福寺"其实无寺……

"地址"或许和"地点"重合，比如"前门大街"，但它本身不等于地点，只象征方位、坐标和地理路线。而地点是个生活空间，是个有根、有物、有丰富内涵的信息体，它繁殖记忆与情感，承载着人生活动和岁月内容。比如你说"什刹海""南锣鼓巷""鲁迅故居"，即活生生的地点，去了便会遇见。

地址是死的，地点是活的。地址仅仅被用以指示与寻找，地点则用来生活和居住。

安东尼·奥罗姆是美国社会学家，他有个发现：现代城市太偏爱"空间"却漠视"地点"。在他看来，地点是个正在消失的概念，但它担负着"定义我们生存状态"的使命。"地点是人类活动最重要、最基本的发生地。没有地点，人类就不存在。"

其实，"故乡"的全部含义，都将落实在"地点"和它养育的内容上。简言之，"故乡"的意义，即演绎"一方水土养一方人"的古老逻辑。

　　当一位长辈说自个儿是北京人时，脑海里浮动的一定是由老胡同、四合院、五月槐花、前门吆喝、六必居酱菜、小肠陈卤煮、王致和臭豆腐……组合成的整套记忆。或者说，是京城喂养出的那套热气腾腾的生活体系和价值观。

　　而今天，当一个青年自称北京人时，他指的一定是户籍和身份证，联想的也不外乎"房屋""产权""住址"等信息。

3

　　吹灯拔蜡的推陈出新，无边无际的大城宏图，千篇一律的整容模版……

　　无数"地点"在失守，被更弦易帜。

　　无数"故乡"在沦陷，被连根拔起。

　　何止城池，乡村也在沦陷，且以更惊人的速度坠落。因为它更弱，更没有重心和屏障，更乏自持力和防护性，乃至成了城市生活的下游和垃圾桶。我甚至怀疑：我们还有真正的乡村和乡村精神吗？

　　那些评选出来的所谓"魅力小镇"，不过是一台走秀，在其身上，我丝毫没觉出"小镇"该有的灵魂、脚步和炊烟——那种与城市截然不同的生活美学和心灵秩序。

真正的乡村精神——那种骨子里的安详和宁静，是装不出来的。

4

"我回到故乡即胜利。"

自然之子叶赛宁如是说。

沈从文也说，"一个士兵要么战死沙场，要么回到故乡。"

他们算是幸运，那个时代，故乡是不死的。至少尚无征兆和迹象，让游子担心故乡会死。

是的，丧钟响了。

每个人都应赶紧回故乡看看，赶在它整容、毁容或下葬之前。

当然还有个选择：永远不回故乡，不去目睹它的死。

我后悔了。我去晚了。我不该去。

由于没在祖籍生活过，多年来，我一直把 20 世纪 70 年代随父母流落的小村子视为故乡。那天梳理旧物，竟翻出一篇自己的初中作文——

"我的童年是在乡下度过的。那是一个群山环抱、山清水秀的村庄，有哗哗的小溪，神秘的山洞，漫山遍野的金银花……傍晚时分，往芦苇荡里扔一块石头，扑棱棱，会惊起几百只大雁和野鸭……盛夏降临，那是我最快乐的季节。踩着火辣辣的沙地，顶着荷叶跑向水塘。村北有一道宽宽的水瀑，像一张床，铺满了绿苔，坡下是一汪深潭，水中趴着圆圆的巨石，滑滑的，像一只只大乌龟露出的背……"

坦率说，这些描写一点没掺假。多年后，我遇到一位美术系教授，他告诉我，三十年前，他多次带学生去鲁南写生，还路过这个村子。真的美啊，他一口咬定。

几年前，金银花开的仲夏，我带家人去看它，亦是我30年来首次归来。

一路上，我不停地描绘她将要看到的一切，她听得痴迷，我也沉浸在"近乡情更怯"的感动中。可随着刹车声，我大惊失色，不见了，全不见了，找不到那条河、那片苇荡，找不到鱼游虾戏的水瀑……代之的是采石场，是冒烟的砖窑，是歪斜的广告牌：欢迎来到大理石之乡。

和于坚一样，我成了说谎者。

5

没有故乡，没有身世，人何以确认自己是谁、属于谁？

没有地点，没有路标，人如何称从哪里来、到哪里去？

这个时代，不变的东西太少了，慢的东西太少了，我们头也不回地疾行，而身后的辙印、村庄、炊烟、河流，早已无踪。

我们唱了一路的歌，却发现无词无曲。

我们走了很远很远，却忘了为何出发。

2009 年

纪念原配的
世界和流逝的美

这个叫
"霾" 的春天

这么肮脏的天气，桃花竟然开了，像群不谙世事的少女。

树林拐弯处，猛然撞见她们，我惊呆了，惶惶然，似乎看到了不该看的东西。

她们依然笑靥娇羞，依然腮红欲滴，依然粉颈婆娑，和一千年前的姐妹一模一样。

那抹幽香，来自同一副香囊，来自同一首"桃之夭夭"唐诗或宋词。

我羡慕她们，没心没肺，不用呼吸。

我参加了她们的婚礼。

这个发霉的早晨，连公鸡都不会为它打鸣。

你只能用"沦陷"来形容。

诸如"黎明""晨曦""曙光"之类的词，和它一丁点儿关系没有。这只是时间意义上的早晨，它的应有之义、美学特征，荡然无存。

你想起老电影里"旧社会"的天色，那种一看就愁苦就悲愤、那种专为"剥削""苦难"服务的色调。

捂着口罩，我在公园里跑步。看上去有点弱智？像个犯罪嫌疑人？或者，像围栏里的猎物？

这种厚厚的防"PM2.5"的口罩，已非普通意义上的护具，它是武装，把你拖入了一种战备状态。戴上它，你就有了斗争的心态，你对天空充满敌意，对周围一切有了一种冷蔑和诅咒的态度……这太糟了，这心境对一个无条件热爱生活、热爱大自然的人来说，简直是欺侮，是凌辱。

这个春天交给我两项任务：运动和戒烟。这是医嘱，也是我送给中年的礼物。我曾那样地歧视肉体，在思想或精神面前，它被忽略和牺牲得太久了，我要忏悔，要补偿，要给它一个崇高地位。爱身体吧，它不是旅馆，它是生命的祖国，我喃喃自语。

身体不应只为精神服役，反过来，它该被精神追求，被盛赞，被爱戴。

一个人，尤其中年人，应有机会真正结识自己的身体，对视、相知，然后相爱。体检，即这样的机会。那天，医生对着报告单说，把烟戒了吧，你的心电图，你的胆固醇……我说好。

于是身体成了我的祖国。我是这个国度的唯一公民，负有热爱它、建设它的全部责任，我希望它生机勃勃、前途光明，我希望它风调雨顺、鸟语花香。

运动亦和戒烟有关。烟瘾发作，我的办法是逃离椅子，逃离和"吸烟"有染的空间、情景、人群，到户外去，在露天里深呼吸，让外界占领心神，让运动分泌一种叫"内啡肽"的物质，让莫名的兴奋冲刷尼古丁留下的空虚与恐慌。

可怜的是，我选择了这个春天，它让上述任务变得异常艰巨，因为，支持户外活动的天数实在太少了。

据当地气象局统计，从1月1日到1月29日，雾霾天数为24天。能见度最低的那天，有人发了条微博："世上最遥远的距离，莫过于你站在天安门前，却看不见毛主席。"并配了幅广场照片，一片灰，啥也没有。

敏于保健的人，常年会听到两种"专家提醒"：一是"开窗通风，防流感，除甲醛，减少室内污染……"；一是

"老幼不宜外出，一般人群减少户外活动，闭门窗，御尘霾……"

悲哀的是，这两道指令，指的往往是同一天。

我对恶劣天气的定义，早不是刮风下雨落冰雹，相反，我酷爱它们，只有一场大风才能将阴霾驱散，只有一场大雨，才能还天地洁净。而后卷土重来、复又沦陷，再盼风雷惊彻、扫荡乾坤……

如今的"好天气"，全靠传统的"坏天气"来赎回，有点像黑市交易。

现代人的生存有个特征：社会性太强，自然性不足，过多地纠缠和沉溺于社会性事务，却疏于和大自然交往。我本亦然，但如今变了，这个春天，对我来说是生理的春天，是感官的春天，它最大限度唤醒了我的生物身份和自然属性，让我意识到一个动物的真实处境：空气、阳光、水、土壤、食物……

于动物而言，这个时代的天然环境和生存待遇实在太恶劣了，堪称亘古未有之变局。这很可悲，我们强调社会人的权利和福祉，却漠视作为一个普通生物的原始诉求，对水的诉求，对空气的诉求……连这些基础的生理渴望、自然待遇都被辜负，都不及格，你打造再多的社会性成就、产品和福利，又何能何德？

这个早晨，我并不孤独，一位遛狗者，迎面走来，他戴着口罩，而狗没有。挨近了，我认出了狗，也猜到了主人是谁。两个蒙面人，谁都没有打招呼的意思，狗也一声不吭，垂头丧气……这是个好主人，他每天赶在上班前来公园，不是为自己，他要释放掉狗一天的体力和激情。

我突然回头打量那狗，它的鼻孔，它的肺，完全裸露在毒空气中，它没有拒绝和逃避的能力。

这么肮脏的天气，桃花竟然开了，像群不谙世事的少女。

树林拐弯处，猛然撞见她们，我惊呆了，惶惶然，似乎看到了不该看的东西。

她们依然笑靥娇羞，依然腮红欲滴，依然粉颈婆娑，和一千年前的姐妹一模一样。

那抹幽香，来自同一副香囊，来自同一首"桃之夭夭"唐诗或宋词。

她们若无其事，一副陶醉的样子，一副精心描眉、憧憬出嫁的神态，似乎从不考虑嫁给谁，哪怕是个歹徒、混蛋。

她们脸上的幸福感染了我。

我仰起脖子，艰难地笑笑。

桃花，才是绝对的花痴。她们是春天的新娘，每年都要出嫁，嫁给春天里某种汹涌的物质。

我羡慕她们，没心没肺，不用呼吸。

我参加了她们的婚礼。

凝视良久，我依依不舍，向肮脏春天里的娇艳告别。

犹如乱世情人的永诀。

出公园时，瞅见门上一纸告示："通知：自今日起，本园开始喷洒防虫剂，药物有效期十五天，此间请不要园内久留，不要采摘或挖食野菜，否则后果自负。"

我想起那群天天讨论挖野菜包饺子的老太太。

可那些鸟儿怎么办？谁通知它们？

这时，我听见几声粗闷而愤怒的狗吠。

狗会骂人吗？

2013 年

>> 本文写作的 2013 年，为北京空气污染最严重的年份之一。那一年，全国大部分地区遭遇持续性雾霾，尤以华北地区为甚。自此，"雾霾"成为全社会关注的焦点。

江河之殇

　　人的生物时间是被季节惊醒
的……而哲学维度的光阴意识，则
是被流水之鸣启蒙的。

　　江河，既是满载神性和诗意的
实体，亦是伟大的精神智库和美学
资源。当然，这一切一切，皆源于
水之流性。

君子见大水必观焉。

——孔子

1

河流一词，我惜的是个"流"字。

流，既是水的仪表，更是水的灵魂。

有次在朋友的画里，发现一条极美的河，我问，你是怎么想象它的？她说，画的时候，我在想，它是有远方的水。

这念头太漂亮了。流水不腐，当一条水有了远方，有了里程，才算真正的河罢。

每一滴水，都有跑的欲望，哪怕一颗露珠。

水的冲动，水的匀细，让古人发明了滴漏，收集光阴。河姆渡出土的陶罐，早期刻的是水波纹，后来是浪花纹、旋涡纹、海水纹……人类最初的美，是从水里捞起来的。

我以为，人有两个层面的时间觉悟：生物的，哲学的。

在遥古，人的生物时间是被季节惊醒的，二十四节气，俨然二十四刻度的农业闹钟。而哲学维度的光阴意识，则是被流水之鸣启蒙的。

"逝者如斯，不舍昼夜。"（孔子）

江河不息，皆付东逝。万象倏忽，无常有常。

"人不能两次踏进同一条河流。"（赫拉克利特）

流，是水的信仰。逝，是生的本质。

"江畔何人初见月，江月何年初照人？"（张若虚）

水字头上驻一点，就是永。

2

最美的水在《诗经》，最俏的女子在溪畔。

"关关雎鸠，在河之洲；窈窕淑女，君子好逑。"

"蒹葭苍苍，白露为霜；所谓伊人，在水一方。"

最深的心事锁于水。最远的眺望付于水。

"汉有游女，不可求思。汉之广矣，不可泳思。江之永矣，不可方思。"这男子爱得神魂颠倒，近乎绝望。诗很美，只是感情有点绕，我更喜欢那首大白话——

"我住长江头，君住长江尾；日日思君不见君，共饮长江水。"（李之仪）

这是我最怜惜和欣赏的一位妇人。她的露骨，她的痴，她的执，空前绝后。

秋水涟漪，乃尘间最大诱惑。临波之人，必心生荡漾。

水，是爱的基因，情的种子。

除了情草缠绵，水中还藏何玄机？还能带来更大的精神视觉和冲击波吗？

仁者乐山，智者乐水。其实，无论仁智，都会对水寄予厚望，向浩荡江河呈上敬意。老子云，"上善若水，水善利万物而不争。"荀子则在《宥坐》中讲一故事——

子贡问："君子之所以见大水必观焉者，是何？"孔子曰："夫水，遍与诸生而无为也，似德；其流也埤下，裾拘必循其理，似义；其洸洸乎不淈尽，似道；若有决行之，其应佚若声响，其赴百仞之谷不惧，似勇……其万折也必东，似志。是故君子见大水必观焉。"

大水，必载大势大象、大道大德、大情大义。观瞻江河，实乃一门人生大课，可悟玄机、晓事理、筑品格、升境界。

3

"孤帆远影碧空尽，唯见长江天际流。"（李白）

"过尽千帆皆不是，斜晖脉脉水悠悠。"（温庭筠）

"无边落木萧萧下，不尽长江滚滚来。"（杜甫）

江河，既是满载神性和诗意的实体，亦是伟大的精神智库和美学资源。当然，这一切一切，皆源于水之流性。水滞则为液，"液体"和"河流"——多么截然不同的存在。现代社会，鲜见的是清流，残剩的是浊液，他们用了个词，叫水资源，所谓的水危机，也仅指液体之枯，而非清流之萎。

流水载物，古人深谙此道，然其所为，只是泛舟履波，现代人不同了，他们想让所有的垃圾和排泄物都搭乘这趟免费公交。

水，终于盛不下、载不动了，气喘吁吁，奄奄岌岌。

江河世纪，正走向液体时代。

不错，女子乃水做的骨肉，但这水一定是流水，而非滞液。

"逝者如斯"，不逝，孔子怀里那块伟大的表还走得动吗？

"曲水流觞"，没有溪云梅影，人生的朦醉诗意何处觅寻？

若无流水可绕、可沐、可亲，人生该多么刻板，心灵该多么黯然，爱情该多么乏津。

问君能有几多愁？恰似一江春水向东流……

古之贞女洁士，多有葬水情结。舜帝南巡驾崩，娥皇、女英二妃殉伴湘江；杜十娘伤怆难付，纵身仆水；拒垢避辱，柳如是邀夫共赴瑶池……再如屈原、王国维，皆选择了婴水为棺、魂宿大泽。

在诸君眼里，水似乎比青山更值得托付，为何？除了水的洗涮之意与心境相合，也可见他们对水品的一贯信任吧？至少据其经验，水有个好名声，清白干净，不会脏了身子。

若换了现在，我想他们会集体变卦。

往现代水沟里跳，是很难堪很蒙羞的事。

4

我有个观点：对大自然来说，一切"原配"都是最好的，也是最富饶、最完善的，无论山壑泉林、花草鸟兽、河泽湖海……

古语的"江"字，即长远之意。我想，造物主拨人之初，大概是想好了让那些精心置办的"原配"——以不动产名义荫佑苍生的罢。今天，若老人家来个回访，必大惊失色，自个儿的家业竟如此不经折腾！

晚清有个叫魏源的大知识分子，算是现代启蒙的先驱，面对日益萎缩的洞庭湖，哀鸣道——

"气蒸云梦泽何在？波撼岳阳城已殊；无复波涛八百里，唯余洲土半分潴。放歌高论惭先哲，围垦拦河愧后愚；愿睹沧桑重变易，还川有日更还湖。"

他为岳阳城失去的"原配"哭泣、悲愤、招魂。

是啊，就像去拜访一对伉俪，一路上忆着对方当年的恩爱，忆着庭院里的盈盈笑语，谁知开门的竟是一陌生女，老友已更弦另续。

那美好岁月中的原配，那青春旧影里的女子，飘零何处了呢？

2009 年

再见，
萤火虫

　　朵朵流萤，鬼魂返乡……很温馨。少时读《聊斋》，即觉得鬼魂很美，一点不可怕。成年后，尤其父亲去世，我更加想，若没有魂儿，若魂不可现，若阴阳两界永无来往，多么可怕啊。

　　我爱鬼魂，爱一切鬼魂传说。

曾经，我住得离玉渊潭很近，逢夏夜，即去湖边遛弯，每挨近黑魆魆的灌林，总禁不住东张西望，朝窸窸窣窣的草丛打听什么……

我已二十多年没见萤火虫了。

发源西山的昆玉河，加上湖、林、塘、苇、野鸭……玉渊潭堪称京城最清洁的水园子了，也是唯剩野趣的地儿，它的湖冰和早樱都很美。即便如此，其夏夜却让我黯然神伤，那一盏盏清凉似风的小灯笼呢？那明明灭灭、影影绰绰的小幽灵呢？

连续几个夏季，我一无所获。我知道，对水源有洁癖的萤虫，若不在这儿落脚，恐怕城里也就无处投亲了。

天上的星星，地上的流萤。

小时候，这是我沉迷夏夜的两大缘由。

故乡有个说法：天上几多星，地上几多萤。所以，每捉了它，却不敢久留，先请进小玻璃瓶，凝神一会儿，轻轻吹口气，送它跑了。

我怕天上少了一颗星。

无人工照明的年代，自然界唯一的光华，唯一能和星子呼应的，就是它了。

"我徂东山，慆慆不归……町畽鹿场，熠燿宵行。"

这是《诗经·豳风》里的景象。一位思妻心切的戍边男子夜途返乡，替之照明的，竟是漫山遍野的流萤，多美的回家路啊！

萤虽虫，但古人很少以虫冠之：妍、照、夜光、景天、宵烛、丹鸟、耀夜、夜游女子……我最喜欢的还是"流萤"，一个"流"字，将其隐隐约约、稍纵即逝、亦真亦幻的飘烁感、玲珑感、梦游感——全勾画了出来。萤之美，除了流态，更在于光，那是一种难形容的光，或者说它只能被用去形容别的。

那光，说天青，说黄绿，说冰蓝，我觉得皆似，又皆非。你刚想说它忧郁，又觉不失灿烂；你刚想说它冷幽，又觉颇含灼情……总之，有一抹谜语的气质，一缕童话的味道。

它静静的、微微的，聪慧、羞涩，像什么人的目光。

插点趣事，小时候第一次看见荧光灯，尤其启动时不停地眨眼，我以为灯管里住着萤火虫。想必受了"囊萤夜读"的诱惑，觉得它能躲在容器里照明。另外，三十岁前，我一直把荧光灯写成"萤光灯"。

娱乐界有个词叫"闪亮登场"，闻之我就想起萤火虫，用在它身上太贴切了。

农历七月，流萤最盛。清嘉庆年的四川《三台县志》这样描述："是月也，金风至，白露降，萤火见，寒蝉鸣，枣梨熟，禾尽登场。"巧得很，俗称"七月半，鬼乱窜"的送衣节（又称中元节、盂兰会、鬼节）正值七月十五。民俗学家推测，鬼节值于此，大概是因为田野里流萤闪烁让人联想起鬼魂。

这联想真的很美。相传七月初一，地府开关放行，鬼魂们可到人间散散心、探探亲。而人间七月，瓜果稻粟皆入仓，酷暑亦消，也该置衣备寒了，从物资到时令，正是孝敬先人的好当口。

朵朵流萤，鬼魂返乡……很温馨。少时读《聊斋》，即觉得鬼魂很美，一点不可怕。成年后，尤其父亲去世，我更加想，若没有魂儿，若魂不可现，若阴阳两界永无来往，多么可怕啊。

我爱鬼魂，爱一切鬼魂传说。

民间的两个说法，"腐草化萤"和"囊萤夜读"，都被科学证了伪，指成迷信和虚构。我想，大可不必拿这么浪漫的事开刀，古人重意境和梦游，擅长诗意地消费。面对流萤这般影影绰绰，人的精神难道不该缥缈些吗？

腐草化萤，化腐朽为神奇，多可爱的想象，多烂漫的心愿。

较之现代人的刻板和物理，古人的生活有种务虚之美。

长大后翻古书，方知白日听蝉、黑夜赏萤，乃文人最心仪的暑乐。一聒一静，一炎一凉，没有这俩伴儿，夏天就丢了魂，孩子就丢了魂，风雅者就丢了魂。

"银烛秋光冷画屏，轻罗小扇扑流萤。天阶夜色凉如水，卧看牵牛织女星"，杜牧这首《七夕》，我以为是萤文中最好的。

作为虫，"萤"字飞入古诗中的频率，大概超过蝴蝶、堪与蟋蟀并列。"长信深阴夜转幽，瑶阶金阁数萤流""夕殿萤飞思悄然，孤灯挑尽未成眠"……我想，一方面和彼时萤盛有关，抬头不见低头见；一方面古人对萤的注视和美学欣赏，已成雅习。

那时候，不仅有萤，且有闲、有心、有情。问问现在的城里孩子，谁见过流萤？我问过，没有。现代人与一只萤火虫相遇的概率，已小于日全食。

若论对流萤的感情和消费程度，古代中国排第一。

现在呢？

和华夏一样，东瀛日本也热爱萤火，而且，这份爱从古到今一路飘移，始终不渝，它现设十几个供流萤栖息的"天然纪念物地区"。

宫崎骏参与的一部电影叫《萤火虫之墓》，最打动我的，是漫天流萤给灵魂伴舞，或者说，萤即魂，魂即萤……

这是典型的东方美学和古典情怀。

读到一篇哀悼萤火虫的科普文，称其比那些明星动物更重要，它属于"指示性物种"，意思是说，在自然界，它属广泛性、基础性、标识性的生物，其濒危，说明生态环境已极劣。萤很脆弱，水污、光污、农药化肥，皆可致其命。

为什么美丽的东西都易碎？为什么人类活得越来越顽强？

在北京后海，我对朋友说，未来我想干一件大事：养萤火虫！

除了自个儿放赏，还可卖与酒吧、露天餐厅、聚会和盛典场所……朋友哈哈大笑，你想学隋炀帝啊。他说的是"集萤放赏"的故事，炀帝酷爱流萤，逢夏夜，便把好几斛的萤虫放至山上，游累了才肯回去睡觉。皇帝的想法，若抛去腐败因素，往往都很美，因为他真敢想啊。

如今，北京夜空中常见一朵一朵的闪烁，比树高，比云低……

那是有人在放夜筝，上面绑了发光器。

还有一年，和朋友在厦门海滩放孔明灯，当它飘到很远很远，只剩一个似是而非的小点儿时，我觉得像极了流萤……

　　每见它们，总想起童年的夏夜。

　　想起流萤照亮的草丛和小径，想起那会儿的露天电影，想起父母的手电筒和唤孩子回家的急切声，那时他们比我现在还年轻……

　　那一刻，我体会到难以名状的美和疼痛。

　　我们只剩下荧光灯了？

　　只剩下霓虹闪烁了吗？

2009 年

耳根的清静

是的，你须承认，世界已把寂静弄丢了。

是的，你须承认，耳朵失去了最伟大的爱情。

我听不见花开的声音。

我只听见耳朵的惨叫。

这个崇尚肉体的时代，竟从未想过要为耳朵做点什么。所有感官中，它被损害的程度最深。

——题记

从前，人的耳朵里住过一位伟大的房客：寂静。

"长安一片月，万户捣衣声。"（李白）

"雨中山果落，灯下草虫鸣。"（王维）

"鸟宿池边树，僧敲月下门。"（贾岛）

在我眼里，古诗中最好的句子，所言之物皆为"静"。读它时，你会觉得全世界一片清寂，心境安谧至极，连发丝坠地都听得见。

古人真有耳福啊。

耳朵就像个旅馆，熙熙攘攘，谁都可以来住，且是不邀而至、猝不及防的那种。

其实，它最想念的房客有两位：一是寂静，一是音乐。

我一直认为，在上苍给人类原配的生存元素和美学资源中，"寂静"，乃最贵重的成分之一。音乐未诞生前，它是耳朵最大的福祉，也是唯一的爱情。

并非无声才叫寂静，深巷夜更、月落乌啼、雨滴石阶、远寺钟声……寂静之音，更显清幽，更让人神思旷远。所谓美景，除了悦目，更要养耳。对人间天籁，明人陈继儒曾历数道："论声之韵者，曰溪声、涧声、竹声、松声、山禽声、幽壑声、芭蕉雨声、落花声、落叶声，皆天地之清籁，诗坛之鼓吹也。然销魂之听，当以卖花声为第一。"（《小窗幽记》）

卖花声为第一。

儿时，逢夜醒，耳朵里就会蹑手蹑脚溜进一个声音，心神即被它拐走了：厅堂有一座木壳挂钟，叮当叮当，永不疲倦……那钟摆声静极了，全世界似乎只剩下它，我一边默默帮它计数，一、二、三……一边想象有个孩子骑在上面荡秋千，冷不丁，会想起老师说的"一寸光阴一寸金"，这叮当声，就是光阴，就是金子罢。

回头想，那会儿的夜真静啊，童年的耳朵真有福。

多年后，读"湖上笠翁"李渔的《闲情偶寄》，谈到睡，他说："睡又必先择地。地之善者有二：曰静，曰凉。不静之地，止能睡目不能睡耳，耳目两岐，岂安身之善策乎？"

古人以睡养生，睡之有三：睡目、睡耳、睡心。睡之第一要素，静也。

为求静，那些神仙级的古人还有游觅"安榻"的风尚，即四处找地儿睡，比如林泉石畔、幽篁深处、芭蕉叶下、星河舟篷……总之，往"静"上添更多的意境。以古天地之清宁，还环肥燕瘦地挑拣，真奢侈啊。试看当下星级酒店，哪个在"静"上达标？

今天，吾辈耳朵里住着哪些房客呢？

刹车、喇叭、拆迁、施工、装修、铁轨震荡、机翼呼啸、高架桥轰鸣……它们有个集体注册名：喧嚣。这是时代对耳朵的围剿，你无处躲，捂耳也没用。

耳朵，从未遭遇这般黑压压、强悍而傲慢的敌人，我们从未以这么恶劣和屈辱的条件要求耳朵服帖。机械统治的年代，它粗大的喉结，只会发出尖厉的啸音，像磨砂，像钝器从玻璃上狠狠划过。我们拿什么抵御噪声的进攻呢？

耳塞？夹层玻璃？隔音墙？……当然，还有麻木与迟钝，有个词叫"失聪"，即该状态罢。偶尔夜宿山里或野村，却翻来覆去睡不着，那份静太陌生、太异常了，受虐惯了的耳朵不适应这犒赏。

人体感官里，耳朵最被动、最无辜、最脆弱。它门户大开，不上锁，不设防，不像眼睛嘴巴可随意关闭。它永远露天，只有义务，没有权利。

其实，耳朵也是一副心灵器官。人之烦躁和焦虑，多与耳有关，故医学上有音乐疗法。

但，耳朵总要反抗点什么，其反抗即生病，失眠、憔悴、抑郁……科学家做过研究：马路两边，噪声污染越重，树越无精打采，枝头耷拉，叶子萎靡，俨然惊恐的孩子。和人一样，树是有情绪的，是长耳朵的。

为抚慰可怜的耳朵，我淘过一张 CD，叫《阿尔卑斯山林》，里面是纯粹的自然之声：晨曲、溪流、雀啾、山风、松涛、光照、万物生长……买回来的那个下午，我急急关好门窗，打开音响，一个人浸泡到傍晚。

那个下午，我和耳朵一起私奔，奔向着遥远的阿尔卑斯。

弥漫山林的，无论什么声响，都是"静"。久违的静，亘古的静，伟大的静。我给耳朵美滋滋过了个节。

此后，我多了个习惯，一有机会，便录下大自然的天籁：秋夜虫鸣、夏塘蛙鼓、雨打梧叶、南归雁声、曙光里的雀欢、黄叶沙沙的行走……我在储粮，以备饥荒。

我对朋友说，现代人的特征是：溺爱嘴巴，宠幸眼睛，虐待耳朵。不是吗？论吃喝，我们食不厌精、脍不厌细。视觉上，美色、服饰、花草、橱窗、霓虹，所有的时尚宣言和空间打造无不在"色相"上下功夫。

口福和眼福俱饱矣，耳福呢？

无一城市致力于"音容"，无一居屋以"寂静"命名。

我们几乎满足了肉体的所有部位，唯独冷遇了耳朵。

甚至连冷遇都不算，是折磨，是羞辱。

做一只现代耳朵真太不幸了，古人枉造了"悦耳"一词，对不起，我们更多的是"虐耳"。

"花开的声音"，一直，我视其为一个修辞，直到遇一画家，她说童年在东北老家，夏日暴雨后，她去坡上挖野菜，总能听见格桑花爆绽的声音，四下里噼噼啪啪地响……

我深信她没听错，那不是幻觉或诗心泛滥；我深信那片野地的静，那个年代的静，还有少女耳膜的清澈；我深信，一个野菜喂大的孩子，大自然会向她无限地敞开。

我们听不见，或难以置信，是因为失聪日久，生了耳茧。

是的，你须承认，世界已把寂静——这大自然的"原配"，给弄丢了。

是的，你须承认，耳朵——失去了最伟大的爱情。

我听不见花开的声音。

我只听见耳朵的惨叫。

2009 年

人生树下

在这个世界上，每个人都应有
一棵关系亲密的树。

至少一棵。

我们要在大自然里，找到自己
的亲属，找到自己的根和床。

"维桑与梓，必恭敬止。"语出《诗经·小雅》，意思是说：桑树梓树乃父母所植，见之必肃立起敬。父母者，为何要在庭院植这两种树呢？答案是："以遗子孙给蚕食、具器用者也"（《朱熹集传》），即让子孙有衣裳穿、有家具使。后来，"桑梓"便成了故里的别称。

树，不仅实用，还意味着福佑、恩泽和繁衍；不仅赐人花果和木料，还传递亲情和美德，承载光阴与家世。树非速生，非一季一岁之功，它坚韧、高直、长命，伴随春华秋实、年轮增扩，它像一位高寿的家族长者，俯看儿孙绕膝。

所谓"荫泽""荫蔽""荫佑"，皆源于树。

有祖必有根，有宅必有树。再穷的人家，也能给后人撑起一片盛大阴凉。

这是祖辈赠与子嗣最简朴最牢稳的遗产了。

幼时，父亲带我回山东的乡下祖宅，院子里有一棵粗壮的枣树，上住鹊巢，下落石桌。逢孩子哭闹，祖母便将房梁上的吊篮钩下，摸出红油油的干枣来。后来，老人去世，老屋拆迁，老家便没了。

虽非桑梓，但我知道，此树乃祖辈所植也，在其下纳过凉、吃过枣子的，除了我，还有我的父亲，还有父亲的父亲……它是一轮轮人生的见证者，见证了他们从跌撞的蒙童、攀爬的顽少，变成拄杖的耄耋。

这样的树，犹若亲属。

老人们讲，闹饥荒时，都是树先枯、人后亡，因为果腹的最后一样东西，是树皮。人，只要熬到春天就不会饿死了，这时候，树抽芽，野菜生，槐花、榆钱、椿叶、杨穗，都是好食材。

几千年来，凡屋舍，必在一棵大树下；凡村首，必有一棵神采奕奕的古树。

无荫不成庐，无林不成族。就像民谣里所唱，"问我祖先何处来，山西洪洞大槐树"，"祖先故里叫什么，大槐树下老鸹窝"。树，是家舍的象征，是地址的招幡，它比屋高，比人久。离家者，最后一眼看到的是树；返乡者，第一眼瞅见的也是树。

游同里古镇，听到一个说法：江南殷实人家，若生女婴，便在庭院栽一棵香樟，女儿待嫁时，树亦长成，媒婆在墙外看到了，即登门提亲；嫁女之际，家人将树伐下，做成两只大箱子，放入绸缎作嫁妆，取"两厢厮守"（"两箱丝绸"的谐音）之意。

多美的习俗！女儿待字闺中时，对该树的感情必定微妙，那是自己的树啊，盼它长大，又怕它长大。想想吧，像儿伴一样耳鬓厮磨，像丫鬟一样贴身随嫁，多么暖心，多么亲昵。

我若有女，必种一棵香樟。

如今的家业里，少了样东西：树。

没了庭院，没了户外，没了供根深入的大地，只剩下盆栽、根雕和花瓶。这个时代，可稳定传续的事物越来越少，"不动产"越来越少，"祖"的符号和痕迹越来越少。

"家"，失去了树荫的覆护，光秃秃曝于烈日下。

现代人的家什、器具、陈设，包括果蔬稻粟，几乎无一源于自产和自制。我们的双手不再沾染泥土，不再是播种者，不再是采摘者，我们的最大身份是购买者，是终端消费者，我们彻底"脱农"了。不仅如此，我们解除了与草木共栖的古老契约，我们告别了在家门口摘菜撷果的实用和浪漫，我们放弃了对一棵树、一株花的亲近与认领……大自然里，不再有我们的一方蒲团、一块凉席、一副竹榻。

树，在马路上流浪。我们只是乘车迅速地掠过它们，透过玻璃扫视它们。它们身上，没有我们的指纹和体温，没有童子的笑声和攀爬的身影。

人和树，亲情已断，形同陌路。

大自然中，没有了我们的亲属。我们只是那路人，那淡漠的旁观者。

那年去贵州，走到从江县的月亮山，遇一苗地，叫岜沙，据说这支部落是蚩尤的后代。它给我的第一印象是：林子可真密啊！那些人、房子、生活，全是躲在翠绿里的。遇见当地人，感觉他不是走出来，而是像泥鳅一样，突然从绿潭里钻出来。林中有径，当你朝外跨出一步时，才顿悟了森林的"森"字，那"木"真是密密匝匝、层层叠叠，难以落脚。

岜沙，即苗语"草木茂盛"。

恐怕再没有比岜沙人更膜拜树的了，男子蓄起直直的发髻，象征山上的树干，身上的粗布青衣，模仿树皮。

树，是岜沙人的神。他们尊崇树的能量和美德。

在岜沙，凡重大活动和节庆仪式皆在林中进行，祈愿、盟誓、婚约的"证人"是大树，个人有了心事，也去向大树倾诉。按规约，盗木者除了退赃，还要罚120斤米、120斤酒、120斤肉，请族人谅恕。

最触动我的，是岜沙人的葬礼。一个婴儿降生，村民会栽一棵树苗，祈愿他像树一样茁壮、正直；待他年迈去世，家人就找到那棵树，刨空作棺，去密林深处下葬，不设坟头，不立墓碑，最后，在平好的新土上，再埋下一棵小树苗，预示生命再次启程，也象征灵魂的回家之桥。这一切，要赶在太阳落山前完成。

他们是大森林的孩子。森林里诞生，森林里消失。

"我们都认得哪棵树是自己的祖先。"岜沙人说。

有一棵树，陪伴一个人出生、长大，直至死去。

除了葱茏，生命在世间不落任何痕迹。

这是我听过的关于人和树最好的故事。

那天，夕阳西下，听着山风和鸟鸣，我坐在岜沙的石头上，心想——在这个世界上，每个人都应有一棵关系亲密的树。

至少一棵。

我们要在大自然里，找到自己的亲属，找到自己的根和床。

2014 年

荒野的消逝（节选）

——兼致"哥本哈根"气候大会上的哭泣

是的，我们正不断用自己的成就杀害大自然的成就。

是的，人类也许还有一种成就的可能，亦堪称最高成就：保卫大自然成就的成就！

只是，留给人类建功的机会和时日，恐怕不多了。

我们没有创造这个世界，我们正忙于削弱它。

我们需要找到如何使我们自己变得小一些、不再是世界中心的办法。

——比尔·麦克基本

1

早上跑步，遇到件有趣的事：园子深处有一条僻径，两畔是大树和灌丛，我跑过去时，一切正常，可原路折返时，忽眼前一闪，一条亮晶晶的丝线拦住去路，我呆住，一只大蜘蛛正手忙脚乱，原来，趁我来去的间隙，它已在两棵树之间设下埋伏。我不敢惊扰这桩阴谋，在欣赏够了这个自以为是的家伙后，我吹起口哨，绕道而行。

这给了我一天的兴奋。此后，我热爱起这个园子——此前我并不欣赏它过度修饰和文明的外表。因为在那种整齐的美之下，仍活跃着一股野性的能量，使之每个瞬间都充满未知、偶然和动荡，尽管微弱，但在我心里，它已扭转了这园子的气质。

显然，上述快乐并非源于邂逅蜘蛛，而是一份叫"野"的元素给的。这份"野"，代表着一种蛰伏了亿万年的原始力量和生物激情，它在文明之外，在"时代""社会"等概念之外。我亢奋的秘密在于：我撞上了大自然的力。蜘蛛要俘获的不是我，但等来的是我，在其眼里，我与之是平等的生物——荒野的成员，我为突如其来的"平等"所晕眩……我被蜘蛛的逻辑粘住了，我被它邀请了并一视同仁，它奖励了我一个古老身份，一个和文明无关的洪荒身份……这是值得大声欢呼的。

2

　　这场遭遇激起了我对"野性"的遐想。

　　何谓野性呢？何以人们一边决绝地清剿着身边最后一抹野趣、一边又憧憬着"可可西里""罗布泊"式的荒凉？

　　美国环境学家霍尔姆斯·罗尔斯顿说："每一条河流，每一只海鸥，都是一次性的事件，其发生由多种力、规律与偶然因素确定……例如，一只小郊狼蓄势要扑向一只松鼠时，一块岩石因冰冻膨胀而松动，并滚下山坡，这分散了狼的注意力，也使猎物警觉，于是松鼠跑掉了……这些原本无关的元素撞到一起，便显示出一种野性。"我觉得，这是对野性最好的诠释了。野性之美，即大自然的原创之美，那种动态、偶发、未知、瞬息万变之美，它运用的是自己的逻辑，显示的是蓬勃的本能，是不受控制和未驯化的原始力量，它超越人的意志和想象，位于人类经验和能力之外。

在北京，有一些著名的植物景点，像香山的红叶、玉渊潭的樱花、北海的莲池、钓鱼台的银杏……每年的某个时节，媒体都要扮演花媒的角色，除渲染对方的妖娆，并告知寻芳的日历、路线、方案等细节。比如春天，玉渊潭官网的访问量就会激增，关于早、中、晚樱的花讯，像天气预报一样准确、及时。美则美矣，但规定时间、规定地点的计划内绽放，再加上门票预约、参观时段等人控环节，使得一切酷似一场演出。

这是典型的种植型风景，本质上和庄稼、高楼大厦一样，属人类的约定产品，乃劳动成果之一。它企图明晰、排斥意外、追求秩序，如玉渊潭樱树，每一株都被编了号，依品种、花期、色系、比例，分配以特定区域、岗位和功能。

而荒野的最大特征，即独立于人的意志之外，它和文明无关。

有一次，参与一档电视旅行节目，用我的话说，这是一个逃离都市的精神私奔者的故事。其中一期是云南，有一镜头：主持人在路边摘了一朵花，兴奋地喊：野玫瑰！我说：你若能发现一朵"不知名的花"就好了。说白了，一个带观众去远方的背包客，我希望她走得再狂野和不规则一些，能采到大自然的一点野性，能邂逅更多的未知与陌生，如此，才堪称"在那遥远的地方"。远方的魅力和诱惑，即在于其美学方向和都市经验之相反，而玫瑰一词，文气太重，有香水味，顶多会让我想起情人节或酒吧，它甚至扼杀想象。

3

我们眼中的"世界"是个什么样子呢？

对一普通人来说，环绕身边的，几乎全是人类自己的成就：城乡、街巷、交通、社区、学校、银行、医院、商场、法规、伦理、习俗……其实，世上还有一种成就，即"大自然的成就"：山海、江湖、草原、沙漠、冰川、生物、森林、矿藏、气候，乃至人本身亦是大自然的成就之一。遗憾的是，21世纪的人类，正越来越深陷这样的处境：我们只生活在自己的成就里。

这一点，留意下身边即可证实，除了农田和牧场，几乎所有平地都像书封一样被覆了膜，或水泥或沥青或瓷砖，在都市小区，你几乎凑不齐一盆养花的泥土，除了专职绿地，连一片自由呼吸的裸土都难找。这些年，蝉鸣稀疏，即因大地被封死了，蝉蛹无穴可居，无地气可养。原生态的自然初象，在人类的主流栖息区，已难觅踪迹。我们似乎很难遏制这样的欲望：在所有的自然成就之上——覆盖以人类自己的成就！就像小孩子在岩石或树身上刻名字，比如乐山大佛、龙门石窟、泰山摩崖，比如高山索道、观光缆车、山上的亭台楼阁……其实人类清楚，唯大自然才是永恒的，所以凿山劈岩、以石塑身，借大自然成就——彰显自己的事迹和功名。再比如发生在长江、雅鲁藏布江、喜马拉雅山，甚至南北极的很多工程……无非是在"鬼斧神工"上加一把人类自己的斧子。

我们似乎坚定地以为，所有的自然成就皆为人类成就的基础原料，皆为人类生产力的试验场。如今，绝大多数动物，已进入人类——这种特殊动物的笼子或牧栏里，唯极少幸运者，仍散落在纯粹的大自然成就里，而后者正愈发凋零，逃往极度虚弱的边缘。"可可西里"即一个招魂的象征，它意味着远方、美丽和寂静，也意味着孤独、诀别与尾声。

是的，我们正不断用自己的成就杀害大自然的成就。

是的，人类也许还有一种成就的可能，亦堪称最高成就：保卫大自然成就的成就！

只是，留给人类建功的机会和时日，恐怕不多了。

4

"飓风、雷暴和大雨已不再是上帝的行动，而是我们的行动。"（比尔·麦克基本《自然的终结》）

有则电视广告，主角是一只快被淹死的北极熊。北极熊会溺水？是，因为无冰层可攀了，再过几十年，北冰洋将只剩下水，无情之水。科学家预测，按现今温室速度，乞力马扎罗山的雪将在十几年后消逝，对这座几乎躺在赤道上的"非洲屋脊"来说，那抹白色头巾不仅是"在野"之美，也是神性的象征。2009年10月17日，印度洋岛国马尔代夫上演了一场被称为"政治行为艺术"的悲情剧：总统纳希德和14名内阁部长佩戴呼吸器，在六米深的海底举行了一次内阁会议。研究称，若全球变暖趋势不减，本世纪内，这个由1192座小岛组成的国家将被海水淹没。一个月后，喜马拉雅山也上演了类似一幕：尼泊尔总理与20多名内阁成员，戴着氧气罩，空降在海拔5242米的珠穆朗玛峰地区，不远处，正是各国登山者冲击峰顶的大本营。而几天后，在丹麦哥本哈根，在这届被称作"拯救人类最后机会"的全球气候大会上，一位斐济女代表在发言中失声痛哭，她的家乡，那个以碧海蓝天和棕榈椰树闻名的岛国，正岌岌可危……

这些都是人类成就杀死自然成就的显赫案例，而更隐蔽的常态，是每天发生在眼皮底下的细节：萎缩的湖泊、消失的支流、荡平的丛林、采减的山体、人工降雨和催雪、被篡改结构和成分的土壤、分秒消逝的物种……就在人们热望大熊猫、藏羚羊这些明星动物时，大量鲜为人知的生命体，正黯淡陨落。若有上帝，恐怕每天忙于一件事：为灭绝物种敲响丧钟。

其实，在情感和审美上，现代人并非歧视自然成就，恰恰相反，人们酷爱大自然，像张家界的旅游口号即"来到张家界，回归大自然"，我们通常把离开自己的成就去拜谒大自然的成就，叫作"旅游"。对于荒野，大家更是心仪，那么多人被野外观鸟、西域跋涉、极地探险、尼斯湖怪兽、神农架野人……搞得神魂颠倒，这说明，在审美上，人们不仅消费荒野，还憧憬荒野。

只是人类的另一种能量——物质和经济欲望、征服和掘取欲望、创造历史的欲望、无限消费和穷尽一切的欲望，太强烈太旺盛了。这导致人们一边争宠最后的野地，一边做着拓荒的技术准备；一面献上颂歌和赞美诗，一面欲罢不能地磨刀霍霍。

比尔·麦克基本在《自然的终结》中说："我们作为一种独立的力量已经终结了自然，从每一立方米的空气、温度计的每一次上升中都可找到我们的欲求、习惯和贪婪。"

5

在世俗辞典中，"野地"一直被视为生产力的死角和"文明"的敌对面。的确，肉眼望去，野地杂乱无章，不承载任何生计资源和经济利益，故人们一有机会即铲除它，像一个农民，瞅见庄稼地里有杂草即心有不适，欲除之而后快，这堪称"文明的洁癖"。该洁癖之后果，即我们的生活视线内，尽可有精致的绿地、苗圃、花园，却不容忍一块天然野地。

"人们常常将土地和野地混为一谈。土地是玉米、冲蚀沟和抵押生长的地方，而野地是自然的性格，是自然的泥土、生命和天气的集体和声。野地不识抵押，不识各种机构……贫瘠的土地可能是富足的野地，只有经济学家才会将物质的丰饶等同于富足。"（阿尔多·李奥帕德《沙郡年记》）

是啊，该换一种更辽阔更积极的眼光看野地了。

当然，野地应有它正确的位置，尽量不要与环境美学和人类的文明体系相冲突。比如，若京城的中央商务区故意留一块野地，我想，连最极端的绿色主义者都不会赞成，因为没有功能和意义。但它若出现在京郊的密云、怀柔或延庆，那价值可能性就有了。

6

我以为，野地有两种："乡野"和"荒野"。

那种小额的、与文明为邻、可接纳人类考察和访问的野地，可谓"乡野"。乡野有个重要的美学功能，即它可成为城市文明的镜像——就像一个异性伙伴，作为距人类成就最近的自然成就，它能给人带来异体的温暖、野性的愉悦、艺术激励乃至哲学影响。

"这些山脉的能量不仅流注到我们的物质生命中，也流注到我们的精神生命里。这湖边的荒野上，既有我的孤独，也有我与自然的互补。个人在荒野中最负责任的做法，是对

荒野怀有一种感激之心。"（霍尔姆斯·罗尔斯顿）

"我们生于一个野蛮、残忍，同时又极美的世界。我珍视这样的渴望，即有意义的成分将居主导，并取得胜利……有这么多东西满溢我的心：草木、鸟兽、云彩、白昼与黑夜，还有人内心的永恒。我越对自己感到不确定，越有一种跟万物亲近的感觉。"（卡尔·荣格）

我想，这种"跟万物亲近的感觉"，即重新确认自己属于大自然——把自己送回去，把精神和骨肉送回大地子宫，以唤醒生命的本来面目和自然身份——进而与宇宙团聚的感觉。相反，一味推崇人的社会属性和文明高位，犹如无本之木、无源之水，会导致生命与母体在灵魂上失散、与万物在精神上脱钩。

那么，何谓"荒野"呢？

荒野是一片广袤的独立于文明之外、有洪荒和永恒品格的处女地。那是纯粹的自然成就，人类尚未染指，其基本形态和内在逻辑与亿万年前没甚区别。在人类语境里，它有一个略带贬义的称呼："无人区"。文明诞生前，世界皆荒野，猿祖仅是寄生其中的普通一员，和草丛中的蚂蚱无异，直到人类身份确立，开始了拓荒运动，荒野才有了独立含义，并作为"文明"的对立价值和反向力量而存在。如果说荒野是人类的故乡，那生产力文明则是荒野的天敌，正是它所代表的人类利益，不断围剿和削减着荒野，将之推向遥远天际，推向落日的地平线。

　　荒野乃排斥"人间"的一个词。它有着洪荒的寂静与安祥，代表着造物主原配的秩序，运行着史前的逻辑和原理。它拒绝道路，拒绝时间和语言，拒绝领土概念和归属之争，拒绝疆界、民族和政治（若人类不打算剥削它，其政治归属就毫无意义。"版图""领土"等词汇只对占领和统治等功利欲望才有价值，纯正的大自然则无视这些，就像一只海鸥和鲸鱼不会有国籍）……它拒绝一切文明的因子，只承接人类的想象、暗恋或敌视。连"可可西里"都算不上纯粹的荒野，因为在那儿，正频繁出没着它的破坏力量和保卫力量——严格地讲，保卫者也是其入侵者。

　　正像霍尔姆斯·罗尔斯顿所说："荒野中没有英语或德语，没有文学或交谈……既没有资本主义也没有社会主义，既没有民主也没有君主专制。荒野中无所谓诚实、公正、怜悯或义务。荒野中也没有什么人类资源，因为资源像靶子或害虫一样，只有当人们某种兴趣被唤起时才存在。"

7

　　荒野如此独立，执行着如此自我和内在的尺度，对人类又这般冷漠，那它还有积极的价值和意义吗？

　　当然有，它保留着地球亿万年的密码、基因和神奇，它是一切生命的图腾和母巢，它存在的合理性远大于我们和我们的想象。

试听一下罗尔斯顿的声音吧——

"这里有光与黑暗、生与死。这里有几乎永恒的时间，有存在了20亿年的一种遗传语言。这里有能量与生物进化……这里有肌肉和脂肪、神经和汗水、规律与形式、结构与过程、美丽与聪明、和谐与庄严……荒野是生命最原初的基础，是生命最原初的动力。"

这是个浪漫的回答。也只有这种浪漫，才配得上回答，才敢于和能够回答。这是实用主义和技术主义难以理解的。罗尔斯顿使用的是一种突破人类边界的"大地伦理"——它不再以人类利益和价值观为尺度，不再考虑人类得失，不再引入争议和谈判，甚至不再运用证据和知识，或者说，它认为荒野乃上天之物，有着天经地义的神性价值和自在意义。

爱德华·阿贝说："你可以认为地球是为你和你的快乐准备的，但若连沙漠也是你的，它为何只备很少的一点水？"人们常悲愤地究问为何一些王朝和古堡在沙漠里悄然蒸发了，其实真相并不神秘，只须请教一下那些土著——比如胡杨树和骆驼刺即可。像人这样大消耗量的种群，之于资源匮乏的沙漠，本身即负重超载，沙漠并不支持其大额存在。任何部族的消亡都死于自身的迷途和误入，无论它怎样一度兴旺，也只是错觉，它已透支了未来。

在这个世界上，有些资源并非供人消费的，也无须人类命名和确认。像日月星辰一样，它们有自在的意义、目标和使命。人最恰当的态度，就是以远眺的方式保持敬畏和憧憬，而人唯一获得的，就是一片原始圣地在内心激起的美好情愫和宗教暖意。

8

按有限消费与合理需求的原则，人类的"拓荒时代"早该结束了，早该进入"护荒时代"和"崇荒时代"——即以捍卫自然成就为自身成就的时代。

晚了吗？

是，有点晚。

因为我们不仅超额完成了"拓荒"，还干起了"灭荒"的行径。

看看这个世界吧，人类并非将荒野放逐天涯即收手，而是赶尽杀绝，欲将整个地球包括大气层都变成沸腾的"人间"。也许我们并不想如此，但事实上正不折不扣地这么干。有探险者在沙漠中遇难了，我们在其倒下的地方竖一块碑，刻几行字，既表彰人类的勇敢，也算替同胞复仇——在我看来，这碑和一只乱扔的饮料瓶没甚区别，它们都侮辱并杀死了荒野的纯度。

眼皮底下，我们如火如荼的文明和蓝图，几乎消灭了所有的乡野。

而在远方，我们的征服欲、好奇心、成就感，正让荒野奄奄一息。

"如果一个国家毁灭了其98%的天然荒野，却还在打余下的2%的主意、在想这点荒野是否太多余了的话，那这个国家的价值观真是发疯了。"（霍尔姆斯·罗尔斯顿）

人类所有行动的出发点，皆在于把自己当成了地球唯一的合法业主，事实上，从大自然系统中抽身出来，封授自己至上的生存特权，这正是霸权和王权的表现。文明的悲剧，亦始于此。

9

再过几十年或上百年，纯粹的大自然成就还有吗？

若地球只剩下人类的成就，只剩下人类自己生儿育女，那一定是最卑劣的成就、最丑陋的儿女。

"我们不想牺牲天然的多样性以换取有序，不想以牺牲精彩的自然历史来换取系统性。我们要的是带有偶然性的恒常性。野性似乎有显得混乱、从而影响自然历史成就的危险，但这最后的荒野，恰恰增强了自然历史的成就，并给新的成就加上了一种兴奋。"（霍尔姆斯·罗尔斯顿）

说人类意识不到危机，是不公平的，但危机之下，那些僵持的谈判与激烈争吵又显得不可理喻。争吵的原因，不外乎地区私欲和政治博弈，不外乎资源的控制与瓜分、责任的推卸与转嫁。这些年来，从围绕《京都议定书》的种种扯皮、到"哥本哈根大会"面红耳赤的撕咬，都让人类的西装领带和所谓的"文明"蒙羞。

人类现在所干的一切，人类的挥霍标准，几乎是以1000个地球为库存假设和消耗前提的，但事实是：只有一个地球！

面对巨量物种的消逝，埃利希夫妇曾哀泣："地球是一艘由人类驾驶的飞船，物种是这艘船上的铆钉，使物种灭绝，犹如恶毒地把铆钉敲掉。"虽然我不同意"人类驾驶"之喻（我认为是造物主驾驶或无人驾驶），但地球万物同乘唯一的"生存共同体"和"命运共同体"，则是事实。不同的洲际、民族、国家，也许分处不同的舱室和床位，但船只有一艘，前途只有一个，任何只顾舱位不顾船体的私欲，都是愚蠢而可悲的。

20年前，《自然的终结》一书的作者写道——

"如果有人对我说，2010年世界将发生极其不幸的事，我会在表面上显示关切，而潜意识里把它撂到一边。"

10

很多时候，"野地"能提供生命的另一种向度、一种超越时空和经验的能量，那是一座寂静而安详之境，和亿万年前没大区别，越往深处体味，它对你的滋养和浸润越浓重，那种古老和原始带给你的震惊越大……当重返"人间"时，一个人的肉体和精神往往焕然一新。

1792 年 7 月 2 日，黑格尔在给女友的信中说："我时常逃向大自然的怀抱，以便在这儿能使我跟别人——分离开来，从而在大自然庇护下，不受他们的影响，破除同他们的联系。"

黑格尔投奔的，无疑是"乡野"。

想想那样一幅画吧：在虫鸣草寂、树叶飒飒的空旷中，生命的原初感、清晨感、婴儿感——骤然睁眼，尘嚣被远远抛开，个体的独立、精神的自由、灵魂的纯真与谦卑——重新回归人体。无论沐浴感官，还是唤醒脑力，野地都是高能量的磁场。

想一想这些，或许，我们会对这世界更加热爱，对生活更加眷恋，会打消各种愤懑、狂妄、诅咒、绝望的念头罢。

想一想这些，我们会对宇宙有更虔诚的领悟，内心会进驻更多的光，会更好地理解时空、社会、文明、信仰、冲突，从而更好地设计和安置个体的人生，伟大而渺小、珍贵而卑微的一生。

缪尔说："走向外界，我发现，其实是走向内心。"

2009 年 12 月

好东西都是原配的，
好东西应是免费的

　　世界尚存多少原配？人间还剩几许古意？

　　我们改变了山岳的形貌，改变了河流的习性，改变了季节的脾气，改变了几千年的常识和老理……我们拼命往地里灌农药化肥，往饲料和食物里投添加剂……我们把人之外的东西吃了个遍，把大地翻了个底朝天，盗出最贵重的珠宝，然后埋下垃圾。

林间松韵，石上泉声，静里听来，识天地自然鸣佩；

　　草际烟光，水心云影，闲中观去，见乾坤最上文章。

——洪应明

1

　　我越来越笃信两点：好东西都是原配的。好东西应是免费的。

　　近爱翻古人书，如《水经注》《帝京景物略》《夜航船》《闲情偶寄》之类，本以为年龄之故，后醒悟：我太想知道原先的世界何等模样，太急于在古代攀几位熟人，可随时去串串门，偷得浮生半日闲，来一回精神私奔……总之，我想看看这世间变化有多大，看看不一样的人生、不一样的活法。

　　我还迷上了古画，尤其《清明上河图》《南都繁会图》

《皇都积胜图》这类市井风物长卷。我看的是画里的人生，我会对一个小人物凝视半天：夹袱疾行的汉子，挑帘张望的妇人，酒旗下瞌睡的小二，桥上抱拳作揖的商贾……我会猜此人的年龄、职业、性格，猜他为何出现在这里。猜其人生路线图，其梦想、快乐和烦忧……我甚至想，以他的身份，今天会是什么境遇？比如一个挑担的游贩，我忍不住想，这个进城务工人员，会不会被勒令办暂住证？何以躲避城管的驱赶、地痞的纠缠、黑社会的保护费？他租得起房吗？娶得上媳妇吗？能供孩子上学吗？

谁还记得从前的世界？谁还记得生活应有的样子？

天本是蓝的，山本是绿的，河本是流的，水本是清的，庙里本是有真佛的，菩萨本是热心肠的，猪本是自然长大的，房子本是连地皮的，娃本是想生就生的，燕雀本是登堂入室的，士诺本是值千金的，商铺本是童叟无欺的……

这些自然元素、风物资源，这些生活原理、道德逻辑，皆为世间"原配"，乃上天早早给人设计好、配置好了的——作为祖业和古训，作为安身立命之本。就像中医里的方子，怎么兑、如何煎，早就交代齐了。

遵循即获益。

古人还有个伟大共识：露天的事物、街面的东西，皆理所当然、天经地义地被视为阳光下的公产，没人会瞎琢磨、动邪念。比如路是免费的，桥是免费的，饮水是免费的，进城是免费的，如厕是免费的，烧香许愿是免费的，拴马歇轿是免费的，击鼓喊冤是免费的，询人问路是免费的，山色湖光、游山玩水是免费的……

东西越必须、越珍贵，越需要免费，越值得免费。

渐渐，你会发现，无论山岳江河还是市井俗习，无论风物万象还是生活情趣，只要不去干预和涂改，只要保存和延续到今天，就是有价值、受器重的，就成了珍贵的物质或非物质文化遗产。这，说明了什么呢？

只能证实一点：人类对自然犯了错，对生活犯了错。

我们用五十年颠覆了五千年。

2

世界尚存多少原配？人间还剩几许古意？

我们改变了山岳的形貌，改变了河流的习性，改变了季节的脾气，改变了几千年常识和老理……我们拼命往地里灌农药化肥，往饲料和食物里投添加剂，还有什么"转基因""辐照食品"……我们把人之外的东西吃了个遍，把大地翻了个底朝天，盗出最贵重的珠宝，然后埋下垃圾。

像窃贼，像匪徒，我们扑向所有的乳房，把她们吸瘪、抽干、榨尽……在贪欲面前，地球已毫无秘密，藏不住任何东西。

我们消灭了"原配"和母体，颠覆了古老与经典。我们在混乱的逻辑中挣扎，以更大的亏损去生产，以更大的消耗去收获，以更大的损坏去修葺……

这是个"二奶"的时代。

我们在"二奶"的基础上迎娶繁荣，畅想未来。

天地的质与本，上苍配给生命的天然元素和神圣契约，被消解了。我们离造物主颁发的秩序和法则，越来越远。

自从发明了空调，我们连春夏秋冬都不想要了。有中医告诫：夏天你一定要出汗，冬天你一定要知冷。

没错，身体是有原始记忆和密码的，它和大自然有约定——百万年前就约好了。它耐心守候寒暑轮回、时序更替，若对方迟迟未临——如同约好了人，苦苦翘首却不见踪影，那悲愤可想而知。日子久了，它即紊乱即自暴自弃，以生病惩罚人的毁约，报复世界的失信。所以，现代人的身体多为病体。

没有山，只剩下矿山。没有河，只剩下河床。

守着一点点"原配"的残羹，有人搬个板凳，开始吆三喝五地收费。封山，封湖，封岛，封园，封寨，封庙，封城……那么多路障，那么多门票，若李白、张岱、徐霞客们高寿至今，要携多少银两出门？多少人惦记他的盘缠？他哪里还会吟诗，只会骂娘了。

山水门票，是人类发明的最丑陋和无耻的东西。当一张黄山门票卖 300 元时，那株傲立风霜的迎客松，即成了老鸨一样的摇钱树。

人，诗意地栖息在大地上。这诗意，一定和"免费"有关。

3

小时候，我痴迷地图册。最厌倦的是行政页，最热爱的是自然版：褐色乃山，绿色为林，蓝色即水，色度象征高低深浅……我还莫名地想，"爱祖国""爱世界""爱人民"，即因为有这些好看的颜色吧？有了五颜六色——江山才叫美、生活才值得过、世界才叫人爱啊！

所以，我一面对地图，童心里就涨满了"爱国主义"潮水，用不着说教。

那会儿的大自然，基本还算原配。

某天，读到篇网帖：《请饶了故乡，不要种速生林》。

"家乡的湖畔，正大规模毁山砍树，准备种速生林……本人多次致电省林业厅及环保办公室，无人接。致电国家林业局、环保总局，接听者称不在管辖之列。致电国信办，永远是盲音。致电《焦点访谈》，无人理睬……本人感到空前绝望。故乡处生态脆弱的丘陵地带，河流短小急促，水土流失严重，而种速生林，生长周期短，又需大量水，易造成土壤板结，形成生态灾难……"

读这篇帖子，内心几度哽咽。吾学浅薄，无力判断其科学逻辑，但经验逻辑告诉我，"原配"大都是对的，上天选定的天然林，往往是大自然的最佳配置。

我向这位孤独的陌生人致敬，向遥远山冈上的那份呐喊致敬。

它捍卫的是古老，是祖业。

4

卢梭说，"事物之所以美好并符合秩序，乃其本质使然，与人的约定无关。"是的，人只能发现世界的美好并接受赐予，而自己并不能创造它。

人其实很渺小，很无能。他不是地球主人，和草木虫兽一样，仅仅是孩子，是被抚养者。不知为何，他老想造反，想主宰天下，想做皇帝。

从剥削万物的角度看，人确实是在地球上建了一个奴隶王国，且是最坏的那种。

发明有两种：一是适度发明，一是过度发明。

人，常常自殒于过度的创举。托马斯·米基利乃美国化学家，凭加铅汽油和氯氟烃两项发明，他被称为"地球历史上对大气影响最大的个体生物"和"历史上杀戮最多的个体"。后来，他染上了脊髓灰质炎和铅中毒并瘫痪，即便如此，他也不甘寂寞，设计了一套绳索滑轮以便于自己起床。55岁那年，不幸发生了，他突然被绳索缠住，窒息身亡。

纵其一生，这个聪明人亲手发明了自己的死。

对人类来说，这是个怎样的寓言？

真想，真想对马达轰鸣的世界大喝一声：停。

让万物归位，让世界恢复它应有的样子吧——

天是蓝的，山是绿的，河是流的，水是清的……

2009年

古典之殇（节选）

　　一边是秃山童岭、雀兽绝迹，一边是"两个黄鹂鸣翠柳，一行白鹭上青天"的书声琅琅；一边是霾尘浊日、黄沙漫漶，一边是"山光悦鸟性，潭影空人心"的诗情画意……

　　古典场景的缺席，不仅意味着风物之夭折，更意味着美学信息与精神资源的流逝。不久，对原版大自然丧失想象力的孩子，将对古籍中那些伟大的美学华章——彻底不明就里，如坠雾中。

1

"今人不见古时月，今月曾经照古人"。

然而，多少古人有过的，今天的视野中却杳无了。

比如古诗词中的盛大雪况："隔牖风惊竹，开门雪满山""夜深知雪重，时闻折竹声"……吾辈虽未历沧海桑田，但一夜忽至的"千树万树梨花开"，还是亲历过的，如今，满嘴冰激凌的孩子，谁堆过雪人、滚过雪球？令之捧着课本吟诵"燕山雪花大如席"，会不会牙疼呢？

没有雪的冬天，还配得上叫"冬"吗？

逝者又何止雪？在新辈人眼里，不知所云的"古典"比比皆是——

立于黄河枯床上，除了唇干舌燥，除了满目的干涸与皲裂，你纵有天才想象，又如何模拟出"黄河之水天上来"的磅礴？谁还能托起李太白心中的汪洋与豪迈？除了疑心古人夸饰矫伪、信口开河，还会作何想呢？

今天的少年真够不幸的，父辈把祖先的文学遗产交其手上，却没法把诞生那些佳句的空间一并予之，当孩子动情地吟哦时，还能找到多少与诗意匹配的风物？如果说，今日中年人，还能勉力去想象一把"落霞与孤鹜齐飞，秋水共长天一色"（毕竟其孩提时，大自然尚存一点原汁，他还有残剩的经验可依），那其儿女们，连这点怀旧的资本都没了，连遐想的云梯都搭不起来了。

或许不久后，这般猜测古文课的尴尬亦不为过——

一边是秃山童岭、雀兽绝迹，一边是"两个黄鹂鸣翠柳，一行白鹭上青天"的书声琅琅；一边是泉涸池干、枯禾赤野，一边是"西塞山前白鹭飞，桃花流水鳜鱼肥"的遍遍抄写；一边是霾尘浊日、黄沙漫漶，一边是"山光悦鸟性，潭影空人心"的诗情画意……这是何等遥远之追想，何等费力之翘望啊。明明"现场"荡然无存，现实空间中全无对应物，却要少年人硬生生地抒情和陶醉，这不荒唐、不悲怆吗？

古典场景的缺席，不仅意味着风物之夭折，更意味着美学信息与精神资源的流逝。不久，对原版大自然丧失想象力的孩子，将对古籍中那些伟大的美学华章——彻底不明就里，如坠雾中。

2

温习一下这随手撷来的句子吧："水光潋滟晴方好，山色空蒙雨亦奇"；"谢公宿处今尚在，渌水荡漾清猿啼"……

那样的户外，那样的四季——若荷尔德林之"诗意栖息"成立的话，至少这天地洁净乃必须的罢。可它们今天在哪儿呢？那"人行明镜中，鸟度屏风里"的天光明澈，那"雨中山果落，灯下草虫鸣"的天籁寂静……今安在？

从自然美学资源上讲，古代要比当今富饶得多。地球自35亿年前有生以来，有5亿种生物曾来过，今多已绝迹。在地质时代，物种的自然消亡极慢——鸟类平均300年一种、兽类平均8000年一种，如今呢？联合国环境规划署报告说：20世纪末，每分钟至少一种植物灭绝，每天至少一种动物灭绝，这是高于自然速率上千倍的"工业速度"，屠杀速度！

多少珍贵的动植物永远沦为了标本？多少生态活页被从地球之书中硬硬撕掉？多少诗词风光如《广陵散》般成了遥远的绝唱？

"蒹葭苍苍，白露为霜""呦呦鹿鸣，食野之蘋""关关雎鸠，在河之洲""河水清且涟猗"……每每抚摸《诗经》中的这些句子，除了对美的动容，内心总有一股冰凉的战栗和疼痛，因为这份荡人心魄的远古风情，再无可能走出纸张。人类生活史上最纯真的童年风景、人与自然最相爱的蜜月时光，已挥兹远去。或者说，已遇难。

由于丧失了"现场"，人类正在丧失经典，丧失重温和体验它的能力。

阅读竟成了挽歌，竟成了诀别和追悼，难道不该放声大哭吗？

3

再如语文课本中的诸多游记，赏三峡、登黄山、临赤壁、游褒禅……除了传递水墨画般的自然之美，更有着"遗址"上的凭吊含义，更有"黄鹤一去不复返"的祭奠之意。我们在对之赏析时，莫非只停留在字词注解和考据上？

我想建议老师：为何不问问孩子们，那些"雎鸠""鹿鸣"哪儿去了？何以不见其踪？昔日大自然的鬼斧神工，何以沦为今日的平庸俗相？假若诗人穿越到当代，他会有何遇、作何感、发何吟？

难道，这不会在教室里刮起一场精神风暴吗？

词语，包藏着生态、民俗、历史、美学和社会学信息，那"蒹葭""鹿鸣""雎鸠""猿啼"……不仅代表草木或动物，还指向一种生存文化和栖息美学，更是一部人间记忆。它让今人在阅读的同时，对当下生态有一种比对、校验和反思。

某种意义上，古典文学为后人竖起了一座纪念碑，是丰碑，也是殇碑，自然风物和生活美学的殇碑。

1912年4月的一天，在纽约自然历史博物馆，老作家约翰·巴勒斯向孩子们说："每逢来到这儿，我总有一种参加葬礼的感觉……一只被打死的鸟，已不再是一只鸟了……当自然被移动了两次之后，便毫无价值。只有你伸手触及的自然才是真正的自然。"

不知道我们的孩子能否听懂这样的声音，能否遇到巴勒斯这样的讲解人。

不知道我们的老师在领读"飞流直下三千尺，疑是银河落九天""青山横北郭，白水绕东城"之时，有没有升起一丝痛，并把它悄悄传递给台下的孩子？若有，若能把这粒"痛"埋进孩子心里，我替教育感到庆幸，我要为老师鼓掌——感谢他给孩子接种了一支珍贵的"精神疫苗"！而在未来，这粒小小的"痛"会长出郁郁葱葱的良知……

谁拥有孩子，谁就拥有未来。

我相信，携带这支疫苗的孩子，多少年后，当面对一片将被砍伐的森林、一条将被铲平的古街时，会有一丝的心痛和迟疑吧？

这就有救了。

4

其实，何止语文，地理、音乐、美术、生物、历史、哲学……哪个不包含丰饶的自然信息和生命审美？哪个不蕴藏着比词条、年代、人名……更辽阔的人文资源和精神风光？关键有无感受到它们，能否深情地领略并分享它们。

若连基础课堂都未帮孩子竖起"敬仰自然""尊重生灵"的精神路标，当他们进入成人序列后，那些坚硬的环保口号又有何用？影响一个人终生价值观的，一定是童年的精神知觉——那些最早感动过其心灵的生命细节。

我们的教育大多停留在了伦理说教和知识灌输上，而在最重要的"审美"和"信仰"方面，做得远远不够。当被《广东餐桌日均"吃猫"一万只》的新闻惊得目瞪口呆时，我突然想，这些食客也曾是孩子，内心也曾如花一样柔软，可曾有谁告诉过他们：人不是什么都可以吃的！

看过两则报道，皆与树有关——

一个叫朱丽娅·希尔的少女，为保护北美一株被称为"月亮"的巨型红杉树，从1997年12月10日起，在树上栖居了738天，直到树的所有者——太平洋木材公司承诺不砍伐它。

在瑞典的教科书和旅游手册中，皆可见这样一件事：1971年，斯德哥尔摩，当市政铲车朝古树参天的"国王花园"逼近时，一群年轻人站了出来，他们高喊"拯救斯德哥尔摩"的口号，用身体当盾牌，挡在那些美丽的树前……终于，政府让步，地铁站绕道而行。多么幸运的树！而它们，也给新一代瑞典人撑起了盛大的精神阴凉。几十年来，那些护树的青年，一直被民众视为英雄。

这些故事，让我深深感动。童话般的行为，其力量源于美好的人性，源于健康的生命知觉，源于自童年开始的精神启蒙，他们保卫的不仅是树，更是生活本身，是人生的美学理想。

十年树木，百年树人。

我们的教育何以"树"出这样的青年？

像树一样，郁郁葱葱、根深叶茂的人。

2002 年

"我是印第安人，
我不懂"

　　印第安人的清晨陨落了，剩下的，是星条旗的黄昏和庆祝焰火。

　　美利坚，基于北美的童年基因而诞生，乃流落欧洲几世纪的自由精神——遇到辽阔大陆和清新野地的结果。而它功成之日，却蹂躏了赋予它容貌、体征、气质和恩泽的母腹。从此，它再也无法复制古希腊的童话，只能以现代名义去铸造一个以理性、科技、法律和竞争见长——而非以美丽著称的国家。

我要扶住你，大地。我醉了，我是醉了。

我称山为兄弟，水为姐妹，树林是情人。

——海子《醉卧故乡》

很久了，主流世界由三类人组成：追随人格神（比如上帝、佛祖、真主等）的人，不敬神但有信之人（比如儒道弟子、唯物论者等），什么都不信的人（比如虚无主义者）。

很久了，我们渐渐忘了世上还有一种人：他们讴歌自然神，他们是大地的信徒，他们拥有最古老和神秘的品质——"清晨"品质；其精神气质近乎儿童，目光清澈，性情烂漫，行为富有诗意……

他们被称为某土著或某部落。

因为小，因为弱，因为没有征服的念头，于是被征服了。

他们像山谷里的歌声一样，渐行渐远，只剩了一抹背影。

我不是其中一员，但一想起"神秘、美好、天真"这些词，即忍不住怀念他们。

我称之为"清晨的人"。那些很少很少的人。

阿尔伯特·爱因斯坦恳求同胞：把爱的范围"扩大到所有生灵及整个大自然吧"。

有一群人，一出生就这么想，这么做。

他们尊大地为父，视万物为兄，有通晓草木、溪流、虫鸟之灵，俯下身去与之对语；他们没有人的傲慢，不求包括自己在内的任何物种的特权；为生存，他们不得不采猎，但小心翼翼，怀着爱、感恩和歉意；他们坚信大地不属于人，而人属于大地；他们认为鹿、马、鹰、蚯蚓，甚至草茎的汁液，皆与人同出一家。和那些崇拜某物的族群不同，他们爱的是全部，是大自然的全体成员和全部元素。

火一样的肤色和赤裸的胸膛，他们自称"红人"。

历史和外交上，他们被叫作——印第安人。

公元1851年，美国政府欲以15万美元换其200万英亩领地，为和平，他们妥协了。在华盛顿州的布格海湾，前来签字的一位叫西雅图的酋长，对着城市和白人发表了这样的演说："在我们的记忆里，在我们的生命里，每一根晶亮的松板，每一片沙滩，每一缕幽林里的气息，每一种引人自省、鸣叫的昆虫，都是神圣的……你我的生活完全不同，印第安人的眼睛一见你们的城市就疼痛。你们没有安静，听不见春天里树叶绽开的声音、昆虫振翅的声音，听不到池塘边青蛙在争论……你们的噪声羞辱我的双耳,这种生活,算活着?……我是印第安人,我不懂。"

我是印第安人,我不懂。

后来,华盛顿州的最大城市取了这位酋长的名字:西雅图。

有个现代故事:一个常年住山里的印第安人,受纽约人邀请,到城里做客。出机场穿越马路时,他突然喊:"你听到蟋蟀声了吗?"纽约人笑:"您大概坐飞机久了,是太累了吧。"走了两步,印第安人又停下:"真的有蟋蟀,我听到了。"纽约人乐不可支:"瞧,那儿正在施工打洞呢,您说的不会是它吧?"印第安人默默走到斑马线外的草地上,翻开了一段枯树干,果真,趴着两只蟋蟀。

城市人的失聪,缘于其感官只向某类事物敞开,比如金钱、欲望、数字、电话、证券、计算器……从而关闭了灵性。印第安人的听力不是"好",而是正常和清澈,未被污染和干扰的正常,没有积垢和淤塞的清澈。一个印第安人的耳朵里常年居住的,是纯净而纤细的事物,只要对方一闪烁,他就会收听到。

作为忠告,作为签约的条件,西雅图酋长继续对白人说——

"记得并教育你们的孩子,河川是我们的兄弟,也是你们的，今后，你们须以手足之情对待它……你们须把地上的野兽当兄弟，我听说，成千上万的野牛横尸草原，是白人从火车中射杀了它们。我们只为求活才去捕猎，若没了野兽，人又算是什么呢？若兽类尽失，人类亦将寂寞而死。发生在野兽身上的，必将回到人类身上……若继续弄脏你的床铺，你必会在自己的污秽中窒息。"

可惜，这些以火车和炸药自负的工业主义者，并未被插着羽毛的话给吓住。他们不怕，什么都不怕。

来自清晨的声音，傍晚之人怎能听得进呢？

犹太作家以萨·辛格说："就人类对其他生物的行为而言，人人都是纳粹。"

北美大陆的野牛，最多时有四亿至五亿只，19 世纪中叶仍有四千万只，随着白人火车的驶来，50 年后，仅剩数百只。

终于，野兽的命运来到了人身上。1874 年，印第安人的领地发现了金矿，白人断然撕毁协议，带上枪弹、地图和酒瓶出发了。很快，野牛的血泊变成了人的血泊。

印第安人的清晨陨落了，剩下的，是星条旗的黄昏和庆祝焰火。

李奥帕德说过："许多供我们打造出美国的各种野地已经消失了。"

美利坚，基于北美的童年基因而诞生，乃流落欧洲几世纪的自由精神——遇到辽阔大陆和清新野地的结果。而它功成之日，却蹂躏了赋予它容貌、体征、气质和恩泽的母腹。从此，它再也无法复制古希腊的童话，只能以现代名义去铸造一个以理性、科技、法律和竞争见长——而非以美丽著称的国家。

我常想，印第安人的挽歌，是否人类童年的丧钟？

叶芝在《偷走的孩子》中唱道——
"走吧，人间的孩子！
与一个精灵手拉着手，走向荒野和河流。
这世界哭声太多，你不懂。"

如果能选择，我也想做一个印第安人。
那些很少很少的人。
哪怕清晨开始，清晨死去。

2009 年

多闻草木
少识人

张爱玲读《诗经》，很为里面的情爱男女"怎么这样容易就见着了"而激动。

《诗经》里的美丽欢爱，正因人之心性和大自然息息相通，人之情思像原野一样率真、坦荡、赤裸。目光明澈，心漾如水，无泥沙拖累，无城府深叠，情意笔直，故一眼彼此认出、相互照见。

某种意义上，没有人真正看过一朵花。

——乔治亚·奥基夫

住海淀时，最常去的是北京动物园和香山植物园。

迷恋动物园，因为它帮我确认一件事，它反复地、一遍遍向我证实：生命是丰富的，物种是多样的……否则，我真怀疑世间只剩下人了。

在这座庞大的动物收容站，我遍访那些完全不同于己的生物，那些传说中的异类，打探其故里、家族、支系下落，聆听其身世、遭遇和生涯故事……

人类中有一个多舛而惨烈的族群——犹太人，它颠沛流离、东闪西躲，其成员系统，像蒲公英一样被吹得七零八落，连中国东北的冰天雪地里都有其公墓。在我眼里，动物园的房客，命运皆像犹太人，而它们的纳粹天敌，正是自称"人类"的那帮家伙。

不错，动物园即收容站，或者说拘留所。我是来探监的，不是来观赏的，我是以亲友身份来的。这样说有点矫情，但我确实这么想。每每注视笼子里的生命，那么瑰丽的皮毛，那么精致的斑纹，那么神奇的习性，那么伟岸或纤小的形体……我都自惭形秽，觉得羞愧，觉得人类配不上它们，配不上如此丰美灿烂的生灵，不配与之为伍。

逛香山，则为消焦灼、蓄元气，更为避世，躲开车马鼎沸的聒噪、巍楼高厦的逼视，远离骨骼与骨骼的撞击、欲望与欲望的火拼、脏口与脏口的对骂……

草木乃最安静、最富美德的生物，也是肉体最伟大的保姆：其花叶以悦目、果茎以充腹、氧气以呼吸、林荫以蔽日，还承接人之垃圾和秽物……没有草木，我们真是一秒也活不成。

香山植物园，其魅力是阔，阔得足以让人忽略其败笔：院墙和门票。除山风浩荡、野趣丰饶、地气充沛，它还有个好处：人疏。再多的人撒到如此大的林子里，也成了丛中蚂蚱，被稀释了。

人疏，则幽，则清，则定。

不过，尴尬的是，面对妖娆花木，我竟无法叫出对方的名字。

成千上万的她们，我所识者寥寥。爱慕，却难以称呼，惊艳，却无从指认，甚至无法转述她们的美。

何止于我，翻开书报，"一朵不知名的小花""一棵不知名的大树"，无谓之说，比比皆是。曾遇一位母亲，带孩子在园子里玩，童声一连串地问"妈妈这叫什么"，我听见萱草被说成了马兰、蜀葵被说成了木槿、鸢尾被说成了百合、茑萝被说成了牵牛，其他我也说不出了……末了，年轻的母亲声音越来越低，嗫嚅不清了。

我把此事告诉一朋友，大发感慨：年轻人熟记的人名多不胜数，尤其明星艺人，所识草木却可怜至极，真是奇怪！过了几天，收到朋友一赠书：《野花图鉴》。还附一条短信："每看到'全草入药'几个字，我都肃然起敬！"果然，翻开此书，几乎每条注释中，皆见"全草入药"四字。

我甚至胡思乱想，若有一日，自己像苏轼那般被遣往荒野，携一卷《本草纲目》，是否也就能活下去，至少无疾之忧了吧？

若再奢侈一点，容我多带一本书，该是什么呢？

无疑是它了。

在我眼里，《诗经》乃性灵之书、自然之书、童话之书，更是精神明澈之书。从古至今，即使唯此薄册，华夏文化也堪称灿烂。后人若承其衣钵、循童年心性，文明又何尝沦此？

《诗经》伟大在哪儿呢？

夫子看得透："一言以蔽之，思无邪。"

"思无邪"，即纯真、烂漫，即清澈、雅正。作为教书匠，夫子总不忘唠叨，续了串大道理："可以兴，可以观，可以群，可以怨。迩之事父，远之事君。"最后，似乎又想起了什么，对小儿说："多识于鸟兽草木之名。"

这是我极欣赏的一句，也是喜爱《诗经》的一大理由。

它确乎一部生物百科全书。陆玑著《毛诗草木鸟兽虫鱼疏》，对《诗经》里的物类作了详解，计草本 80 种、木本 34 种、鸟类 23 种、兽类 9 种、鱼类 10 种、虫类 18 种，共有动植物 175 种。另据中国台湾学者潘富俊考证，《诗经》藏有草木 160 种，比陆说翻了一倍。

感谢这些草木鸟兽吧，感谢这部已散佚不全的大自然之书吧。

很大程度上，我们所谓的"热爱生活""热爱世界"，其理由和依据，即在其中。

张爱玲读《诗经》，很为里面的情爱男女"怎么这样容易就见着了"而激动，幸福得脸通红。胡兰成解释道："直见性命，所以无隔。"

不愧为情事大师，一语道破。

《诗经》里的美丽欢爱，正因人之心性和大自然息息相通，人之情思像原野一样率真、坦荡、赤裸。目光明澈，心漾如水，无泥沙拖累，无城府深叠，情意笔直，故一眼彼此认出、相互照见，哪像今人这般诡秘周折？

何谓"天地作合"？

《诗经》里慢慢找。懂得天地，方懂男女。

最后，我想对孩子说一句：多闻草木少识人。

这年头，名人的繁殖速度比细菌还快，都急疯了。

草木润性，尘沸乱心。这个信息爆炸和绿色稀疏的年代，即便"少识"，业已识多；即便"多闻"，亦然寡闻。

2009 年

生活和准备生活
是两回事

父与子

看一个民族的生活美学，看一个时代的精神雅量，有个重要线索：看它缔造和收纳了多少童话，看它的世俗文化和游戏规则是否激励、佑护童话人生，是否滋养童话事务，是否欣赏有儿童人格的成年人。

1

有一条街，父亲总不让儿子挨近，总要支个理由，悄悄绕开。

原来，这条街窝藏着全城的狗肉馆，一年到头，街边站满了栅笼，一只只憔悴的狗趴在里面，充当活物招牌。那条街上有股怪味，是恐惧的味道，是动物临终的味道，是血蒸发的味道，是告别身体的鲜毛皮在风里抽泣的味道……

这是个高尚的父亲。

他怕孩子吸入不良空气，他怕孩子的眼睛受伤，他怕幼小的心灵侵入毒素。他最怕的是，孩子在慢慢适应后变得坦然，在一次次惊愕和无能为力后变得麻木，最终，变成那路人中的一个。

我不知道，这对童话般的父子，在东躲西藏的世间能躲多久，在绕来绕去的路上能走多远。

但他们的存在，像金子般贵重。

他们改变了人群的成分，重新编辑了我对人间的印象。

想起一个高山上的习俗：一个猎人，在和野兽搏斗后，要用泉水和树叶洗净脸再回家，以免眼里有未散尽的凶煞，附体在婴儿身上。孩子断奶前，猎人不能捕杀哺乳期的动物，不能带沾血腥的兽皮回家，否则，孩子长大会成歹人。

这是个美丽的迷信。

大凡迷信，都有这般特点：后果不成立，但禁忌中包含的精神主张，却是高贵的。

2

深夜，欲搭一段美好时光入眠时，常把丰子恺的书搁枕边。

读漫画《趁爸爸不在》《瞻瞻的脚踏车》《爸爸回来了》《妹妹新娘子、弟弟新官人》，总忍不住笑出声，头重脚轻的小人儿，如雀、如花、如蜜饯，芬芳的童音、玻璃球似的吵闹、向日葵般的手臂……被他们簇拥着，几忘了那个时代的愁苦与险恶。

"近来我的心为四事所占据了：天上的神明与星辰，人间的艺术与儿童，这小燕子似的一群儿女，是在人世间与我因缘最深的儿童，他们在我心中占有与神明、星辰、艺术同等的地位。"（《儿女》）

"看见了所谓'社会'里的虚伪矜忿之状，觉得成人大都已失本性，只有儿童天真烂漫，人格完整，这才是真正的'人'。于是变成了儿童崇拜者。"（《我的漫画》）

穿越浊世、历尽劫波的丰子恺，是顽强地将童心贯穿一生的人，是那种让你对"热爱生活"永远投赞成票的人。其身上，那种对万物的爱，那种对生活的肯定态度，那种对美的义务，那种对灵魂的许愿，皆如此稳定，不依赖任何条件。儿童，是他的画材，也是他的宗教；是他的儿女，也是他的导师；是他心灵的糖果，也是他思想的课本。儿童的想象、儿童的游戏、儿童的爱憎、儿童的语言和逻辑、儿童的自由与任性……都让他深深痴迷。

"天地间最健全的心眼，只是孩子们的所有物，世间事物的真相，只有孩子们最明确、最完全地见到。"（《给我的孩子们》）

在丰子恺眼里，有着一颗初心的童子，才是真的人，才是明亮的人；童年，才是未篡改的人生，才是人生的诗境和仙境。

幸运的是，生活奖励了他一大群"小燕子似的儿女"，让一个贫简之家变成了幸福伊甸，他也用画笔把自己的孩子们献给了全世界：阿宝、软软、瞻瞻、阿韦……连画里的成年人，也有儿童的味道。

我常想，一个时代的气质和日常生活，若染上一点"丰子恺味道"，该多好，该多好。

人生美学和美德，在儿童身上是存量最大的，只有思想成熟并保持一颗初心的人，才是美的成年人。儿童和儿童愿望，不仅是一个社会最重要的保护目标，更是成人精神最珍贵的营养品。

一个国家，若能从孩子对家长的使唤中发现公民的权利，从父母对骨肉的垂怜中认证自己的义务，从他们的彼此互爱中找到国与民的逻辑，从他们的亲热和信赖中反省自己的冷漠与隔膜……若将一个家庭放大无数倍，若天下之人是由一群群"丰子恺"和"孩子们"聚合而成……那么，一个健美的时代即莅临了，"国家"即有了"家国"的基因和属性，该共同体的气质和细节即变了，制度、道德、风尚、信仰即变了。

变得简明、温美、清纯、风和日丽。

3

看一个民族的生活美学，看一个时代的精神雅量，有个重要线索：看它缔造和收纳了多少童话，看它的世俗文化和游戏规则是否激励、佑护童话人生，是否滋养童话事务，是否欣赏有儿童人格的成年人。

表面上，童话是大人备给小儿的，而真相是：童话乃成人对儿童的审美作业，它反映了"大"对"小"的鉴赏力，它是"小"对"大"的馈赠。

一个社会，若成人的精神系统里没有童话成分，若大众生活提前告别了童话，甚至贬低和嘲笑它，那这个时代势必极度实用、功利、枯燥，人群也定是险恶、龌龊、粗戾的。

儿童稀少，人堆里即缺少氧气和光线。童话衰落，一个国家的黄昏即早早降临。

由于新闻职业，每天要浏览大量媒体和网络信息，有一点是我担忧的：美和干净的事物太少，专心生活和认真说话者太少，能让孩子消费的东西太少，"热爱生活"的依据太少……我知道，这并非全部事实，而是兴趣和注意力所致，我们被自己的对立面绑架了。对于美，不仅生产能力锐减，更可怕的，我们丧失了消费能力、消费愿望和消费传统。

那天，我在微博上说：

"中国是个麻团型社会，让人纠结的事太多，'忧愤'近乎日常表情。但我以为，一个时代的人群里，应同住着鲁迅和丰子恺这样反差极大的生命类型，对两者的消费应同样旺盛，甚至，随天气好转，随心灵艺术和生活美学的复位，后者应该居上。"

"当下有个精神危险：由于粗鄙和丑陋对视线的遮挡、对注意力的劫持，我们正逐渐丧失对美的发现和表述。换言之，在能力和习惯上，审丑大于审美。这其实很危险，生活有荒废的可能。我们从不乏思想的榜样，但鲜有生活的榜样，纯真意义上的生活，摆脱羁绊和干扰的生活，聚精会神、全心全意的生活。我们缺少生活的专业户。"

如此背景下，我们拿什么送给孩子？除了"动物世界"，除了文学史上那些经典童话，我们还有能力讲一个美好故事吗？我们唇齿间还能挤出温情的语调和爱意吗？

4

想起了埃·奥·卜劳恩，这位德国人虽然住在最黑冷的年代并被其吞噬，却献出了温暖的《父与子》。

这是我少年时最亲密的漫画书，那个大胡子、秃脑瓜、啤酒肚、永远为儿子效劳又总被儿子捉弄的男人，既是我羡慕的父亲，也是我立志要成为的那种成年人。多年后，当我有了儿子，当我听到"你要弯下身和孩子说话""没有比父母更好的玩具"等育儿经时，脑海里马上跃出这位父亲，跃出那幅父亲给儿子当马骑的画。

1934 年 12 月，长篇漫画《父与子》在《柏林画报》问世，立即风靡德国，这个被政治冻僵了表情的国家，这个一度忘记了生活的民族，露出了久违的笑容。当时，画家的儿子刚三岁，多年后，联邦德国的《斯卡拉》杂志刊登一幅照片：一位父亲模样的人，正兴高采烈给一个男童伏地当马。杂志旁注道："在卜劳恩的生涯中，像这样和儿子一起无忧无虑的日子很短暂，但创作素材多源于此。"

卜劳恩，原名奥塞尔，因用漫画讽刺希特勒，纳粹上台后其作品遭禁，后为发表《父与子》，改名卜劳恩，兼怀念他的童年小镇卜劳恩。

巧得很，《父与子》最早的中译本，序言作者正是丰子恺。他们的精神相遇了，这是神奇的缘分，这是两个伟大父亲的会师。

《父与子》，恐怖夜晚的伟大笑声。没有它，很多心灵会冻僵，它以一支火苗的能量，稀释了夜的黏稠，舒展了德国人的眉梢，治疗着这个正受病毒折磨的民族的表情……借助幽默，它恢复了人性，恢复了日常生活，恢复了人类与生俱来的天性和人伦，它让生活本身成了伟大主角……这一切，都成了纳粹恨它的理由，法西斯政治的本质，是恨，是冷酷，是斗争和诅咒，是牺牲自己和别人的生活。

这一切，也成了画家对人生最后的描绘、最后的告别。

我是很久之后，才获知这个结局。

1944 年 3 月，卜劳恩被纳粹分子告发，控以"反国家言论罪"，4 月 6 日，在"人民法庭"死刑宣布前，自杀于牢房，终年 41 岁。遗书中，他对妻子说："我为德国而画画……请把孩子抚养长大。带着微笑，我去了。"

他把笑声留给了同胞，留给了世界，留给了千千万万的父与子。

其中包括父亲和我，包括我和儿子。

5

父子题材的电影中，我最喜爱的，是一部意大利影片：《美丽人生》。

它曾让我泪流满面。

一个犹太男孩在五岁生日前，和家人一起被纳粹从家里带走。天真的孩子并不恐惧，只觉得好奇，在排队等候去集中营的火车时，父亲悄悄对之耳语："我们正参加一个漫长而刺激的游戏，如果积满一千分，我们就会得第一名，奖品是一辆坦克玩具。"

当母亲被押进女囚队伍带走时，父亲的解说是："男人一边，女人一边，军人主持游戏，他们很严厉，装作很凶的样子……"

当德国军官前来训诫时，父亲冒充翻译，同步宣读"游戏纪律"：

"若你违反了三条规定中的任何一条，得分就会被扣光：一、如果你哭。二、如果你想要见妈妈。三、如果你饿了，想要吃点心。"

一辆坦克！成了小男孩魂牵梦萦的彩虹，成了抵御集中营残酷生活的唯一稻草。

为了一千分，儿子遵照父嘱，忍住了饥饿，克服了对甜酱面包和妈妈的思念，躲过了毒气室……在德军溃败前夜，父亲预感到了大屠杀的逼近，他紧紧拥抱儿子，指着一只可藏身的铁皮柜："我们已经积满了940分，若躲过今晚，就能得60分！最后60分！你必须藏好，不要出声……不管多久，都要忍着，一直到外面没有人了，才能出去！"

"记住，即使我很久没回来，也不要动！"

深夜，父亲被枪抵着，走过铁皮柜时，突然意识到一双眼睛正从缝隙里向外张望，他马上甩开步子，做出滑稽而轻松的样子，甚至朝柜子扮了个鬼脸。

枪声。小男孩一动不动。

不知过了多久，一切归于沉寂。小男孩爬出来，阳光刺得他眯起眼，正当他对着空旷的院子发蒙时，一阵巨响，他扭过头，一辆盟军坦克冲破围墙，轰隆隆驶来。

"啊！真坦克！"小男孩尖叫着。年轻的坦克手跳出车盖，笑着将其提上去。他们在欢呼的人群中行进，猛然，男孩发现了穿囚服的妈妈，他跳下车，边跑边喊："妈妈妈妈，我们赢了！一千分！坦克！好开心啊……"

赢了！父亲赢了！

这是童年的高潮，这是人生的高潮，这是父爱的高潮。

这是用最伟大的谎言和最凄美的微笑构筑的童话城堡。

保卫童年，是人类义务，是每个时代和共同体的义务。

许多年以后，那位儿子说："这是我的经历……这是父亲赐予我的恩典。"

这样的恩典，足够一个人用一辈子，足以抵御世上任何一种残酷与寒冷，足以让他美丽一生、微笑一生。

第71届奥斯卡颁奖典礼上，《美丽人生》获最佳外语片奖、最佳男主角奖。导演兼男主角的罗伯托·贝尼尼解释片名时说，它源于利昂·托洛茨基的一句话，这位政治家在墨西哥流亡时，预感自己行将不测，望着花园中的妻儿，喃喃自语："无论如何，人生是美丽的。"

无论如何，人生是美丽的。再冰冷的世道，也住着无数沸腾的花朵。它值得过，值得爱，值得奋斗。

2012 年 11 月

一个好的
时代

　　判定一个好的时代，还有个最简单的标准，那就是：假如傻瓜也能活得好好的！

　　一条路，若连盲人都安然无恙，即一条善良的路。

　　否则就不是。

一死囚在临刑前哭喊对不起家人，他参与了一桩灭门杀人案。一个人在医院偷患者钱包，因母病重急需钱。一个官员贪污几千万元，为了让深爱的女人锦衣玉食。一父亲为了女儿上大学，设局顶替了别人家的女儿。一老板拖欠民工的血汗钱，称别人欠自己的也没还。一妇女从产房里将婴儿偷走，理由是太喜欢孩子却不能生育……

一个坏的时代，在伦理、习俗、规则、逻辑上，默认或怂恿如下做法——

宠爱自己的孩子却漠视别人的孩子；孝敬自己的父母却欺凌别人的父母；善待自己的弟兄却盘剥别人的弟兄；庇护自己的眷属却虐待别人的眷属；怜惜自己的姐妹却侮辱别人的姐妹；扩充自己的钱包却压榨别人的钱包；造福自己的家乡却掠夺别人的家乡……

天使与魔鬼，两种人格，两个身份，两套本能。

而这，每天都发生在贪官、恶奴、街霸、骗子、奸商、盗贼身上。偶尔，也会若无其事地发生在普通人身上。

一个好的时代，应最大限度地消解以上荒谬和悖论。

一个好的时代，会让天下孩子都遇到呵护，所有父母都得到孝敬；会以社会的担当替代百姓的焦虑，会以政府的信用激励民间的诚实；会以完善的制度保障游戏的公正、分配的合理、权力的谦卑；会让富人失去骄横、拥抱义务，会让弱者得到帮助却不失尊严；会让每个做梦的人都有光明之感，会让美德和单纯不被嘲笑与辜负；会让命运不亏待那些劳苦，像麦田那样承诺耕耘与收成、汗水和果实成正比……

一个好的时代，个人的幸福不以别人的痛苦为肥料，个人的满足不以别人的忧愁为成本，个人的衣冠楚楚不以别人的破衫褴褛为背景……甚至，人类"以人为本"的时候不再虐待别的生灵，壮大人间的时候不再奴役大自然。

一个好的时代，空气中最大成分是氧和爱，大街上流行的风景是笑容，是谦和、礼让、牵手、携扶，而非敌意、怨恨、牢骚和骂骂咧咧。

判定一个好的时代，还有个最简单的标准，那就是：假如傻瓜也能活得好好的！

一条路，若连盲人都安然无恙，即一条善良的路。

否则就不是。

一个好的时代，应尽快到来！应尽快变成共识和承诺，变成行动和效率，应只争朝夕地去实践，夜以继日地去兑现。

一个好的时代，不会把它的任务让渡给下个时代，不会找各种借口逃避变革，它要对公民此生的幸福负责。

"为了美好的今天"，其神圣性与合法性，远大于"为了美好的明天"。

　　最重要的，一个好的时代，不会因遇到批评和苛求而恼羞成怒。

2009 年

光荣的
父辈

    天下父母，应以大爱的名义、决心、共识和紧迫感，为天下孩子尽一项集体义务，即：缔造一个公正、自由、法治和安全的时代，一个温煦、平和、有序、良性循环的社会！凭此承诺，我们才配做父母，才是怀揣真爱的父母，才是光荣的一代父辈。

近来屡被问及，儿子出生，你有何变化？

想了想，说：儿子到来，我对这个世界的爱憎成倍增加。爱，是内心对生活的肯定，是本能，是审美。憎，是因为这个不完美的世界，这场不及格的现实，这群不称职的父辈，为新生命预留了太多敌人，埋伏了无数险境和障碍，而婴儿却蒙在鼓里。对他们来说，只是满心欢喜地跑来，并不区分哪域时空、谁的地盘……其嘴角的幸福和蜜一样的笑靥，来自十个月的胎儿梦，来自母亲的子宫和温柔乡，那儿没有国籍、制度和等级，没有贫富、欺压与争斗，只有甘露、温泉和儿歌，那是完美的大自然母腹，那是柔软的桃花源。

婴儿的特征，即"小"和"新"，这让他有了一抹神圣和无辜的气质，这足以让天下人心生爱怜。他以微小的体积激起你巨大的浪花，你会有一种甜蜜的沉重和责任感。自从把儿子抱回家，室内空气即变了，多了股栀子花的香味，这芬芳来自田野，来自阳光、牛羊、乳汁和无边无际的爱。

我想起了林徽因那首给新生命的诗："你是夜夜的月圆……你是一树一树的花开。是燕，在梁间呢喃。你是爱，是暖，是希望。你是人间的四月天……"

在赤裸的婴儿身上，你看不到年份、时代和社会的蛛丝马迹，今天哇哇大哭的这个婴儿，和一千年的某个婴儿，是同一个，并无二致。而且，他们的模样彼此很像，到了会轻易抱错的地步，到了一个婴儿啼哭、所有母亲都颤抖的地步。你的孩子，只是那万千花簇中的一朵，离你最近的那朵。

博客上，有网友留言，说："你头像的娃娃照片和我家娃娃特像！"我激动地回复："婴儿们都非常像，我觉得，婴儿是天下人共同的孩子……"是的，生命在很小很小的时候，都非常像，他故意让你分不清谁是谁家的，这很好，如此一来，孩子即俘获了天下人的爱怜。自儿子降生，我看每个幼小，目光都是一样的，心里的柔软都是一样的。那天，网上见一生病的幼儿，心疼得要命，立即跑去捐款。见一患白血病的孩子，立即想告诉对方，儿子捐献的脐带血入库了，去申请使用吧……这甚至波及了工作，在节目解说词中，我写道："每个孩子，都是时代的孩子，都是天下人的孩子，都是这个共同体的财富。亏待孩子，就是亏待未来。""每一个被拐卖的孩子，都印证着社会的失明。一个孩子在受难，就是文明在受难。"

看婴儿的眼睛——那汪从未滑过阴影的眸水，会增添你奋斗的冲动和正义感，你会陡然觉得自己像一棵树，高大而正直，身披霞光。

儿童节前，一家媒体约我写段话，给初来乍到的小人儿。其实，我对婴幼没有想说的，我想说的是自己的同类，为人父母者。

　　在家庭单元内，在一双成人和亲子之间，爱，显得崇高而结实，每个人都宠爱怀里的幼小，孜孜以求他的前途和未来，皆甘愿舍己哺子、以自己的亏损来滋补孩子。但若换个角度，跳出血缘和家族，论及天下父母和天下孩子、一代人和下一代人之间的整体关系时，荒谬即来了，这群父辈竟是最自私、冷漠和不可理喻的。睁眼看看吧，他们决心把怎样一个世界交付后代呢——

　　疯狂地挥霍、采掘、吞噬、排泄、毁坏、透支，那哭泣的江河、森林、物种、海洋乃至天空……除了垃圾山，除了被掏空的大地，可曾想过给后代留下什么？几年前，一位环保总局的官员悲愤地盘点：半世纪以来，可居住土地由600万平方公里减至一半；三分之一国土被酸雨污染；主要水系的五分之二沦为劣五类水；45种主要矿产15年后将只剩6种……这仅是中国，世界呢？资源越有限，竞争越残酷，或许将来，连新鲜空气都要像牛奶一样装进袋子里了，谁有钱谁就多吸几口。难道我们今日对自家孩子的期许，对其学业和智力的督促，就是指望在未来的生存大战中、他能优先摘到那袋空气吗？

　　在那篇祝辞中，我写道——

天下父母，能给孩子的大爱是什么？不是门第房产存折股权，是尚能提取的蓝天净土山河之大自然库存、之祖宗家底！是一个被健康的制度、法律、契约、理性和道德所匡正的社会！是一个自由表达、规则合理、运行有序、有权利谈判机会的时代！否则，你能保证他接手的房子不被强拆吗？你能保证他继承的钱袋不被税费、通胀、恶市、骗子和权势洗劫一空吗？你以为他躲得过贫困即能躲过毒大米、毒豆芽、毒牛奶吗？你能保证他不被户籍、入学、就业、种种潜规则所羁绊，甚至得抑郁症吗？你能保证他不会在某个拐角撞上"药家鑫"们或直接成为对方吗？你能保证他未来的孩子不会成为"小悦悦"、不被拐卖或下落不明吗？

是时候了，我们要换一种大视野和大逻辑，让爱在天下父母和天下孩子之间重新铺设。

天下父母，应以大爱的名义、决心、共识和紧迫感，为天下孩子尽一项集体义务，即：缔造一个公正、自由、法治和安全的时代，一个温煦、平和、有序、良性循环的社会！凭此承诺，我们才配做父母，才是怀揣真爱的父母，才是光荣的一代父辈。

一朋友短信我：今天你骂人了？不是说要心平气和吗？他指的是我在微博上对一起校车事故的愤怒，一个9座车厢塞进了64人，20多个孩子，没了。

我不是反对主义者，我只是理想主义者。我人生的目的只一个：生活！在充分的肯定语态和平静心境中生活，在美和爱中聚精会神、不被干扰地生活。但当这个世界在很多方面不及格时，我想，必须奋斗，必须投身于改变。

有些任务应在这代人身上完成，否则在未来眼里，我们不是受人尊敬的老人，我们配不上岁月的爱戴。后人可重复我们的爱，但不应重复我们的恨，不应重复我们的愤怒和冒烟的心情。

一个人，若不能在精神和行动上与自己的时代缔结一种深刻关系，若他消费的不是自己参与创造和支配的生活，那他即是一个寄生虫。

只有担责的一代父辈，才能分娩出下一梯队的美好人生，我们对子孙的祝福才诚实，才有效，才不会虚脱成谎。

天下父母们，请走出自家门户，来到高高的山顶上，把祝福和承诺——抛向天下孩子，而我们的亲生儿女，即在其中。让我们夜以继日、不遗余力——为漫山遍野的孩子，抛洒爱的义务吧。

他们的回报，将是提起父辈时，那深情的爱戴和脸上的骄傲。

2011 年 8 月

消逝的
"放学路上"

那个黄昏，我突然替眼前的孩子惋惜——他们不会再有"放学路上"了。

他们被装进一只只豪华笼子，直接运回了家，像贵重行李。

或许，你再也看不到这样的情景了——

一群像风筝一样在街上晃荡的孩子。

1

"小呀小儿郎，背着书包上学堂。不怕太阳晒，也不怕那风雨狂；只怕先生骂我懒呀，没有学问我无脸见爹娘。"

60 年前的儿歌倏然苏醒，当我经过一所小学的时候。

下午四点半，方才还空荡荡的小街，像迅速充胀的救生圈，被各式私车和眼巴巴的家长塞满了。

开闸了，小人儿鱼贯而出，大人们蜂拥而上。一瞬间，无数的昵称像蝉鸣般绽放，在空中结成一团热云。这个激动人心的场面，只能用"失物招领"来形容。

就在这时，那首歌突然跃出了记忆。

我觉得像被什么拍了下肩，它就在耳畔奏响了。

这支叫《读书郎》的儿歌，陪伴了我整个童年时代。那会儿，它几乎是我每天上学路上的喉咙伴奏，或叫脑海音乐罂。偏爱有个理由：它不像其他歌那么"正"，念书不是为"四个现代化"或"革命接班人"，而是"先生"和"爹娘"……我觉得新鲜，莫名的亲切。哼唱时，我觉得自己就是歌里的小儿郎，甚至想，要是老师变成"先生"该多好啊。好在哪儿，不知道。

那个黄昏，当它突然奏响时，我感觉后背爬上了一只书包，情不自禁，竟有股想蹦蹦跳跳的冲动……

从前，上学或放学路上的孩子，就是一群没纪律的麻雀。

无人护驾，无人押送，叽叽喳喳，兴高采烈，玩透了、玩饿了再回家。

回头想，童年最大的快乐就是在路上，尤其放学路上。

那是三教九流、七行八作、形形色色、千奇百怪的大戏台，那是面孔、方言、腔调、扮相、故事的孵化器，那是一个孩子独闯世界的第一步，乃其精神发育的露天课堂、人生历练的风雨操场……所有的趣人趣事趣闻，几乎都是放学路上邂逅的。那是最值得想象和期待的空间，每天充满新奇与陌生，充满未知的可能性，我作文里那些真实或瞎编的"一件有意义的事"，皆上演在其中。它的每一条巷子和拐角，每一只流浪狗和墙头猫，那烧饼铺、裁缝店、竹器行、小磨坊，那打锡壶的小炉灶、卖冰糖葫芦的吆喝、爆米花的香味、弹棉弓的铮铮响，还有谁家墙头的杏子最甜、谁家树上新筑了鸟窝……都会在某一时分和我发生联系。

对成长来说，这是最肥沃的土壤。

很难想象，若撤掉"放学路上"，童年还剩下什么呢？

于我而言，啥都没了，连作文都不会写了。

那个黄昏，我突然替眼前的孩子惋惜——他们不会再有"放学路上"了。

他们被装进一只只豪华笼子，直接运回了家，像贵重行李。

2

为何会丢失"放学路上"呢？

我以为，除城市膨胀让路程变遥远、为脚力所不及外，更重要的是"路途"变了，此路已非彼路。具体说，即"传统街区"的消逝——那温暖而有趣的沿途，那细节充沛、滋养脚步的空间，消逝了。

何谓传统街区？它是怎样的情形呢？

"城市应是孩子嬉戏玩耍的小街，是拐角处开到半夜的点心店，是列成一排的锁匠鞋匠，是二楼窗口探出头凝视远方的白发老奶奶……街道要短，要很容易出现拐角。"这是简·雅各布斯在《美国大城市的死与生》中的话，我以为是对传统街区最传神的描述。

这样的街区生趣盎然、信息肥沃、故事量大，能为童年生长提供最充分的乐趣、最周到的服务和养分，而且它是安全的，家长和教育者放心。为何现在保险箱里的儿童，其事故风险却高于自由放养的年代？雅各布斯在这部书里，回忆了多年前的一个下午——

"从二楼的窗户望去，街上正发生的一幕引起她的注意：一个男人试图让一个八九岁的小女孩跟自己走，他一边极力哄劝，一边装出凶恶的样子；小女孩靠在墙上，很固执，像孩子抵抗时的那种模样……我心里正盘算着如何干预，但很快发现没必要。从肉店里出来一位妇女，站在离男人不远的地方，叉着胳膊，脸上露出坚定的神色。同时，旁边店里的科尔纳基亚和女婿也走了出来，稳稳站在另一边……锁匠、水果店主、洗衣店老板都出来了，楼上很多窗户也打开了。那男子并未留意到这些，但他已被包围了，没人会让他把小女孩弄走……结果，大家感到很抱歉，小女孩是那男子的女儿。"

这就是老街的含义和能量，这就是它的神奇和美德。

在表面的松散与杂乱之下，它有一种无形的日常秩序和维护系统，它的生活是温情、安定和慈祥的。它并不搜索别人的隐私，但当疑点和危机出现时，所有的眼睛都倏然睁开，所有的脚步都会及时赶到。

这很像中国人的一个词："街坊"。

这样的背景下，一个孩子独自上路，需要被忧虑吗？

自由，源于安全与信赖。若整个社区都给人以"家"的亲切和熟悉，那一个孩子，无论怎样穿梭和游走，无论在外漂多久，结果都是一样的。而路上所有的插曲，包括挨骂的那些顽皮、冒险和出格，都是世界给他的礼物，都是对成长的奖励和爱抚。

在雅各布斯看来，城市人彼此之间最深刻的关系，"莫过于共享一个地理位置。"她反对仅把公共设施和住房作为衡量生活的指标，她认为一个理想社区应丰富人与人间的交流、促进公共关系的繁育，而非把生活一块块切开、以"独立"和"私人"的名义封闭化、割裂化。

这个视角，对人类有着重大的精神意义。顺着她的思路往下走，你很快即发现：我们通常讲的"家园""故乡"——这些饱含体温与感情的地点词汇，其全部基础皆在于某种良好的人际关系、熟悉的街区内容、有安全感的共同生活……所谓"家园"，并非一个单纯的物理空间，而是一个和地点联手的精神概念，代表一群人对生活属地的集体认同和相互依赖。

单纯的个体是没有"故乡"的，单纯的门户是无"家"可言的。

就像水，孤独的一滴构不成"水"之含义，它只能叫"液体"。

3

我越来越觉得如今的孩子——尤其都市孩子，正面临一个危险：失去"家""故乡"这些精神地点。

有位朋友，儿子6岁时搬了次家，10岁时又搬了次家，原因很简单，换了更大的房子。我问，儿子还记不记得从前的家？带之回去过吗？他主动要求过吗？没有。朋友摇头，他就像住宾馆，哪儿都行，不恋旧，也不喜新……我明白了，对于"家"的转移，孩子在情感上无动于衷。

想不想从前的小朋友？我继续问。不想，哪儿都有小朋友，哪儿小朋友都一样。或许儿子眼里，小朋友是种"现象"，是一种"配套设施"，就像日光下随你移动的影子，不记名的影子……朋友尴尬地说。

我沉默了。这是没有"发小"的一代，没有老街生活的一代，没有街坊和故园的一代。他们会不停地搬，但不是"搬家"。"搬家"意味着记忆和情感地点的变换，意味着朋友的告别和人群的刷新，而他们，只是随父母财富的变化，从一个空间转到另一空间。城市是个巨大的商品，住宅也是个商品，都是物，只是物，孩子只是骑在这头物上飞来飞去。

我问过一位语文老师，她说，现在的作文题很少再涉及"故乡"，因为孩子会茫然，不知所措。

是啊，你能把偌大北京当故乡吗？你能把朝阳、海淀或某个商品房小区当故乡吗？你会发现根本不熟悉它，从未在这个地点发生过深刻的感情和行为，也从未和该地点的人有过重要的精神联系。

是啊，故乡不是一个地址，不是写在信封和邮件上的那种。故乡是一部生活史，一部留有体温、指纹、足迹——由旧物、细节、各种难忘的人和事构成的生活档案。

还是前面那位朋友，我曾提议：为何不搞个聚会，让儿子和从前同院的伙伴们重逢一次，合个影什么的？或许这对成长有帮助，能让一个孩子从变化了的伙伴身上觉察到自己的成长……朋友怔了怔，羞涩地笑笑：其实儿子只认识隔壁的孩子，其他都不熟悉，偶尔，他会想起某只丢失或弄坏的玩具，但很少和人有关，他的快乐是游戏机、动画片、成堆的玩具给的。

该我自嘲了，一个多么不恰当的浪漫！

这个时代有一种切割的力量，它把生活切成一个个的单间：成人和宠物在一起，孩子和玩具在一起。我曾在一小区租住了四年，天天穿行其中，却对它一无所知。搬离的那天，我有一点失落，我很想去和谁道一声别，说点什么，却想不出那人是谁。

4

那天，忽收一条短信："王开岭，你妈妈叫你回家吃饭。"

我愣了，以为恶作剧。可很快，我对它亲热起来，30 年前，类似的唤声曾无数次在一个个傍晚响起，飘过一条条小巷，飘进我东躲西藏的耳朵里。

传统老街上，一个贪玩的孩子每天都会遭遇这样的通缉，除了家长的嗓门，街坊邻居和小伙伴也会帮着喊。

后来，才知这短信源于一起著名的网络事件，某天，有人发了个帖子："贾君鹏，你妈妈叫你回家吃饭。"短短几日，跟帖竟高达几十万，大家纷纷以各自腔调催促这个不听话的孩子快回家，别让妈妈等急了，别让饭菜凉了，别挨一顿骂或一顿揍。

最后，有人揭穿了谜底，这个响彻神州的名字竟是虚拟的，乃某网站的精心策划和炒作。我一点不沮丧，甚至感动于阴谋者的情怀设计。

一个贾君鹏沉默，千万个贾君鹏应声。

我们都竖起耳朵，聆听从远处飘来的蒲公英般的声音……

某某某，你妈妈叫你回家吃饭。

我暗暗为自己的童年庆幸。如果说贾君鹏的一代可叫露天童年、旷野童年、老街童年，那如今的孩子，则是温室童年、公园童年、玩具童年了。

面对现代街区和路途，父母不敢再把孩子轻易交出去了，不允许童年有任何闪失。

就像风筝，从天空撤下，把绳剪掉，挂在墙上。

再不用担心被风吹跑，被树刮住了。翅膀，就此成为传说和纪念。

或许，你再也看不到这样的情景了——

一群像风筝一样在街上晃荡的孩子。

2009 年

"乡下人"
哪儿去了

没有弯曲的心思，没有周密的防范，用最简单的约定，做最天真的生意。

他们把能省的全省了。这就是乡下人。

私以为，人间的味道有两种：一是草木味，一是荤腥味。

年代也分两款：乡村品格和城市品格。

乡村的年代，草木味浓郁；城市的年代，荤腥味呛鼻。

心灵也一样，乡村是素馅的，城市是肉馅的。

沈从文叹息：乡下人太少了。

是啊，他们哪儿去了呢？

何谓乡下人？显然非地理之意。说说我儿时的乡下。

20 世纪 70 年代，随父母住在沂蒙山区一个公社，逢开春，山谷间就荡起"赊小鸡哎——赊——小鸡"的吆喝声，悠长、飘曳，似歌谣。所谓赊小鸡，即用先欠后还的方式买新孵的鸡崽，卖家是游贩，挑着箩筐翻山越岭，你赊几只鸡崽，他记在小本子上，来年开春他再来，你用新生蛋还账。当时，我小脑瓜还琢磨，你说，要是债主搬了家或死了，或那小本子丢了，咋办？

多年后我突然明白，这就是乡下人。

来春见，来春见。

没有弯曲的心思，没有周密的防范，用最简单的约定，做最天真的生意。

他们把能省的全省了。

原本只有"乡下人"。

"城市人"——这个新物种不知从哪儿冒了出来，他们擅算计、精谋略，每次打交道，乡下人总吃亏，于是，进城的人越来越多。

山劈成了石材、烧成了砖料，树削成了板块、熬成了纸浆……田野的膘，滚滚往城里流。

城市一天天肥起来，乡村一天天瘪下去，瘦瘦的，像秕糠。城门内的，未必是城市人。城市人，即高度交易化、以复杂和厚黑为能、以博弈和攻掠见长的人。

20 世纪前，虽早早有了城墙，有了集市，但城里人还是乡下人，骨子里仍漾着草木味儿。

古商铺，大清早就挂出两幅招牌，一曰"童叟无欺"，一曰"言不二价"。

一热一冷。我尤喜第二幅的脾气，有点牛，但以货真价实自居。它严厉得让人信任，高冷得给人以安全感。

如今，大街上到处跌水促销、跳楼甩卖，到处喜笑颜开的优惠卡、打折券，反让人觉得笑里藏刀、不怀好意。

前者是草木味，后者是荤腥味。

老北京一酱肉铺子，号"月盛斋"，其"五香酱羊肉"，火了近 200 年。它有俩旧习：羊须是内蒙古草原的上等羊，每天仅炖两锅，售罄即收市。

某年，学者张中行去天津，路过杨村，闻一家糕点很有名，兴冲冲赶去，答无卖，为啥？没收上来好大米。先生纳闷，普通米不也成吗？伙计很干脆：不成，祖上有规矩。

我想，这规矩，这死心眼的犟，即"乡下人"的含义。

重温以上旧事，我闻到了一缕浓烈的草木香。

想想"乡下人"的绝迹，大概也就这几十年间的事罢。

盛夏之夜，我再也没遇见过萤火虫，也是近些年的事。

它们都哪儿去了呢？

北京国子监胡同，开了一家怀旧物件店，叫"失物招领"，名起得真好。

那些远去的草木，失踪的夏夜和萤火，又到哪儿招领呢？

我也幻想开间铺子，就叫"寻人启事"。

或许有一天，我正坐在铺子里昏昏欲睡，门帘一挑——

一位乡下人挑着担子走进来。

满筐的嘤嘤鸡崽。

2009 年

日子你要
一天一天地过

　　我们要靠冰的融化、草根的发芽、枝条的变软来感知早春；要凭荷塘蛙声、林间蝉鸣、旷野萤火来记忆盛夏；我们的眼帘中，要有落木萧萧和鸿雁南飞，要有白雪皑皑和滴水成冰……

　　最伟大的钟表，揣在农人怀里。

光阴尺码

北京台有档周播节目叫《七日》，其广告词这么说："生活，就是一个七日接着一个七日。"我也做电视媒体，按职业眼光，这句话堪称神来之笔，既行云流水勾勒了百姓过日子，又将岁月和节目画了等号，自恋了一把。

可我老觉得哪儿不对，似乎某根神经被偷叮了一口，后恍然大悟：它在光阴上的计量单位——那个"七日"刺疼了我，它仿佛在说，人生即一周加一周加一周……

这尺码太大、太粗放了。它把生命密度给大大冲淡、稀释了。

若央视春晚给自己打广告，会不会说成"生活，就是一个春晚加一个春晚"呢？如此生命换算和记忆刻度，简直恐怖。

地铁，忽听一女孩感慨：你说哎，日子真快，眨眼又过年了，不就追了几部剧，听了几首歌嘛，我夏天裙子还忘了穿呢……

是啊，我们对光阴的印象愈发模糊，时间消费上，所用尺码也越来越大，日变成了周，周变成了月，月变成了年……

日子不再一天一天地过，而是捆成大包小包，甩手即一周、一月。打个比方，从前是步枪瞄准，现在像冲锋枪，突突一梭子，点射变扫射，准星成废物。

一把尺子，寸厘取消了，只剩丈尺。

"今天几号啊？"这声音无处不在。

我自己也常想不起日子，甚至误差大得惊人。那天，我寄一份文稿，末了署日期，竟将"2009"落成了"2007"。我明白，这不是笔误，是心误。

时间的粗化，意味着人生的恍惚、知觉的紊乱。

我们有自己的时间吗

在光阴意识和时间心理上，除计量单位被大大膨化外，其标志符也越来越笼统、虚脱。

有位老兄，并非球迷，但四年一届的世界杯，场场不落，且备好酒食，郑重地邀我陪绑，他总是感慨："还记得吗？咱俩头回一起看球是 20 岁出头，可现在……一辈子，能看几届世界杯啊！所以要看，看仔细喽，否则都不知自个儿多大了。"

他说得很动容、很悲壮。

是啊，我们记录历程、收藏岁月的凭据是什么？当然是人生的标志性事件。可事实上，除了集体式、广场化、社会性的仪式盛典和娱乐运动，我们有个人的尺度和砝码吗？一届奥运会够你亢奋四年，一回东道主够你消遣十年——申报、中标、筹备、演练、火炬、盛典、金牌、庆功、回味……而寻常日子里，一年到头，也就靠几部影视剧、几首流行歌、几桩名人绯闻和一台春晚给撑着。

再放大点说，几项大政方针、几桩热点新闻、几条娱乐路线，外加几十张明星脸，就是一个时代，就是一个时代的全部表情和消费内容，就是一个人从青春到不惑，从风华正茂到双鬓染霜。

一岁一枯荣，我们不知自己身上哪儿荣、哪儿枯，哪儿发芽了、哪儿落叶了。我们遗失了自己的光阴，没有个体原点和重心，没有私人年轮和纪念物。

裹挟在时间洪流、公共情绪和时尚运动中，我们不知该为人生准备哪些"必须"，找不到自己的细节和脉络，找不到自己的指针和方位，找不到独立而清醒、僻静且坚定的价值观……每个人都兴高采烈被推搡着，无人情愿并能够出局。

我们没有自己的注意力。精神注意力和心灵注意力。

我们没有自己的时间。无论社会时间还是生物时间。

我们被替代、被覆盖了。

我们被忽略不计。

生物时间

谁还记得时间本来的模样？

最朴素的生命知觉，最正常的光阴感应，如何获得呢？

或许，人忘了自己的真实身份——生物。

这个身份和公鸡没什么两样。

我一直觉得，既然生命乃自然赋予、光阴也源于自然进度，那么，一个人要想持有清晰的时间印象，必须回到大自然——这位天时的缔造者和发布者那儿去领取。

我们要靠冰的融化、草根的发芽、枝条的变软来感知早春；要凭荷塘蛙声、林间蝉鸣、旷野萤火来记忆盛夏；我们的眼帘中，要有落木萧萧和鸿雁南飞，要有白雪皑皑和滴水成冰……

最伟大的钟表，揣在农人怀里。

大自然的时间宪章，万千年来，一直镌刻在锄把上、犁刃上、镰柄上。立春、谷雨、小满、芒种、寒露、冬至……在光阴哲学上，农夫是世人的导师，乃最谙天时、最解物语之人。错过节气，即意味着饥荒。

时间恍惚，人之神思即浑浑噩噩。

我们沉浸于街道、橱窗、商场、文件、电脑，唯独对大自然——这位策划和分配光阴、给光阴立法的神——视而不见。我们忘了"生物"本分和血液里的钟声，像个逃学者，错过神的讲座和教诲，也错过了赐予。

看日期，不能只看表盘和数字，要去看户外，看大自然。

它以神的表情和语言，告诉你晨昏、时辰和四季。

大自然从不重复，每天都是新的，每秒都是新的。细细体察，接受它的沐浴，每天的你即会自动更新，身心清澈，像婴儿。

牢记一条：我们是生物。首先是生物。

若生物时间丢了，即丢了大地和双足。

老日历之美

日子须一天一天地过。

如此，才知时、知岁、知天命。

时间危机，即人生危机。没有什么比握紧光阴更重要。

有天，忽念起儿时的日历牌，即365页的那种撕历，一天一页，平日乃黑字，周末为红绿，除公历日期，还有农历时令。记得逢岁末，父亲总要去新华书店买本新历回来，用纸牌钉在墙上。

早晨，父亲头件事即更新日历，他从不撕，而是用夹子将旧页翻上去，所以一年下来，还是厚厚一本。我最喜红绿两页，不仅颜色漂亮，更意味着节假和休息。

许多年了，我未见这种老历，总是豪华的挂历和台历。本以为它消失了，可去年逛厂甸庙会，竟然遇上了，兴奋至极。

从此，我恢复了用老历的习惯。

和父亲一样，我也舍不得撕，只是一页一页地翻。

和父亲一样，这也是我每天起床后的第一道功课。

像精神上的广播操。

那感觉很神奇，端详它，就像注视一个婴儿、欣赏一片刚出生的树叶。

一页页地迎接，一页页地告别，日子变得清晰、丰腴、舒缓。

它还每天提醒你，户外——辽阔的大自然正发生着什么：雨水、惊蛰、白露、小满、芒种、霜降、小雪……

我又恢复了"天时"的感觉，光阴"寸寸缕缕"的感觉，日子"一天一天"的感觉。

生活，不再是条粗糙的麻绳，而是一串不紧不慢、心中有数的念珠。

老日历，是我保卫生活的工具之一。

你不妨试试。

2009 年

人生
被猎物化

这不是生活，这只是紧张地准备生活。

生活和准备生活是两回事。

你说，那"人造鸡蛋"是咋整的？那烂皮鞋咋就煮成了胶囊和果冻？你说，谁第一个想起用甲醛喂海鲜的呢？你说，怎样让王八仨月长一年的个儿……他们咋就这么聪明、化学使得这么好呢？

人人都是发明家、魔术师，人人被逼成了质检工、化验员。

这是一个人人成精的时代。

你不精，就会被妖精吃掉。

想起了唐僧肉和《西游记》，里头最缺的是人，最盛的是妖。

人生，被猎物化，被拖进了丛林。

人人自危，人人忧愁，随时随地欲和全世界斗智斗勇。

人人过着一种防御性生活。人人都在挖掩体筑工事，然后跳进去。

这种苦力，这种为假想敌实施的备战，让人生元气大损，精疲力竭。

这不是生活，这只是紧张地准备生活。

生活和准备生活是两回事。

不是肇事者，就是受害者和潜在受害者，无路可逃。

村里人在小河边琢磨红心鸭蛋。城里人在车间里配制婴儿奶粉。

皆绞尽脑汁，皆茅塞顿开，皆欲罢不能。

正像歌里唱的：大家一起来，一起来……

这是个怎样的循环？怎样的共同体？怎样的疯狂游戏？

我们的底限在哪儿？这筐还有底、还能盛东西吗？祖宗的"己所不欲，勿施于人"还有人听吗？

有谁暴喝一声"停"——让大家都收手？

想起电影里的一幕：彼此给对方酒里喂了毒，又笑盈盈举杯邀明月，自以为聪明，自以为笑到最后……

萨特有过一段意味深长的话："我们沉浸在其中。如果我说我们对它既是不能忍受的、同时又与它相处得不错，你会理解我的意思吗？"

你会理解我的意思吗？

2009 年

我是个
移动硬盘

何谓自由？

我觉得，即一个人能决定哪些事情和自己有关或无关。

你不敢不信，世上每条信息都关乎着你。

看那些人，那些手执一叠报纸、眼瞅手机屏、拎着电脑包、神情焦灼、行色匆匆的人……我觉得像极了一块块移动硬盘，两条腿的信息储存器。

大街上，地铁里，硬盘们飞快地移动，蚂蚁般接头，随时随地，进行着信息的传播和消费：搜索、交换、点击、复制、粘贴、删除、再点击。

浏览媒体，不是因为热爱新闻，除了借别人娱乐自己，最吸引我们的是政策信息、理财信息、事故信息、防骗信息，我们要知道世界复杂和惊险到了什么程度，又繁殖出了哪些新游戏，骗子的即时动态和战术特点，应对策略和自卫工具……每条信息我们都舍不得漏掉，生怕与自个儿有关，生怕麻烦找上门来。

我们被浩瀚信息所占领，成为它的奴婢，成为它永无休止的买家和订户。

我们不敢舍弃，不敢用减法，我们担心成不了一个合格的当下人。我们害怕吃亏，哪怕一丁点儿，害怕因无知而被时代除名，害怕在智商比拼、脑筋急转弯中败下阵来，我们害怕沦为社会攻略的牺牲品。要知道，这是一场智力博弈大赛，一场算计与被算计、榨取与被榨取的战争。有人在抵抗，有人在冲锋，有人喊缴枪不杀。剩下的空当，大伙在群议，在学习和演练，在道听途说、摩拳擦掌。

我们需要假定人性是恶的。

我们有无数敌人和假想敌，道高一尺魔高一丈，水涨船高，日新月异……你的信息系统要时时更新，防毒软件要天天升级。

楚歌险境，要求你全副武装，要求你全面专家化，用《辞海》般的知识量装备人生。咱们的导师就是食品专家、质检专家、防伪专家、理财专家、维权专家、犯罪学专家。不理睬，鄙夷人家的滔滔不绝，你即有沦为受害者之虞。

逢新政和条例出台，我们更不敢怠慢，要抢先熟悉规则，要在新格局中占据有利地形，至少不吃亏，免做"击鼓传花"的最后一环。

一个狩猎的时代，即使你不想当猎人和猎犬，即使你不习捕猎技术，也要苦练逃跑本领。《天龙八部》里的段誉，虽不懂搏击，但凭一套反迫害技能——"微波凌步"，竟也毫发无损。

信息像蛛网、像鼠群，人生像仓库。

空间被它霸占，时间被它噬碎，心力被它耗尽。

表面上，人人参与社会机器的庞大运转，但无一是主人，皆奴婢和下佣。我们越来越成为自己工具的工具了。

我们的课程太多，作业太重。

我们无休止地准备生活，而生活迟迟没有开始。

像一个永远留级的学生，换不来毕业，等不到卸下书包的那天。

现代人死于累，死于焦虑和心痛，死于童年的消逝。

谁设计了这样的生活？谁炮制了这样的共识？

想想古人，那会儿肉体和灵魂多轻盈啊。无论时间、空间、心境，都有辽阔的场子，都有足够的留白和僻静处。古代有个最大的亮点：它收养了一大帮精神松弛之人，比如真正的游手好闲者，真正的隐士和散人，且总有生动的山林，供之来去自如。

何谓自由？

我觉得，即一个人能决定哪些事和自己有关或无关。

2009 年

一头猪，成了
一只昏迷的药罐子

在一头现代猪身上，你已找不到天然的生物原理和成长逻辑，它不仅被剥夺了慢慢长大的机会，没有童年、少年和青春的变迁，没有岁月秩序和正常年轮，连生物钟都被篡改了。据说，被药催眠的猪昼夜恍惚，一生都在梦游，喂食时，要狠狠鞭抽才惊醒……

人眼里，已无"猪"这种生物，唯剩"猪肉"这种物质。

它的生命体征，情绪、心跳、血压……于人已毫无意义。

有位乡下友人，春节前总要做件事，将一头猪屠宰后分成若干份，驱车数百里赠与亲朋，叹：城里人吃不到好猪。

何谓好猪呢？想来想去，即那种自然而然、规规矩矩长大的猪罢。

朋友说，猪为亲戚所养，纯天然饲料，户外放牧，属运动健将型。

那猪肉确实香，加上心理暗示，更觉意义非凡。

某天，网上遇一帖：《猪是怎样炼成的——一个饲料销售商的话》。大意如下：

唯专用饲料，才能让猪以最少时变出最多的肉，养户方赢薄利。那么，何等饲料最抢手？答：猪吃了长得快的饲料，加激素；猪吃了皮红毛亮的饲料，加砷制剂；猪吃了嗜睡成瘾的饲料，加镇静剂，如苯巴比妥；猪吃了多瘦肉的饲料，加"瘦肉精"，如平喘药物盐酸克伦特罗。末了，作者坦言，饲料商和养殖户一般不吃肉，不仅猪肉，其他肉也少吃，因为家畜饲料的配方大同小异。

显然，较之祖辈，猪的一生正迎来心惊肉跳的大变局。

从娘胎里一出来，它就进入了倒计时，可谓"向死而生"。猪的生平简历，由主人持计算器按成本核算的方法来撰写。为降体耗，它几乎被取消了步履，虽有四蹄，却无路可走，其一生全部的移动加起来，恐不及千米。猪的生涯简单至极，除夜以继日吃喝拉撒，就是服药。只惜，所服非灵丹妙草，所谋非得道成仙，而是为了催肥、速生，速生即速死。

一头猪，成了一只昏迷的药罐子，成了一间化学品仓库。

纵观万年猪史，此变局旷古未有，堪称惨烈。在今人眼里，一头猪是没有尊严的，无任何关乎"生命"的属性，只剩下肉体印象和公斤概念。从小到大，人目睹的不过是一堆肉的发酵和膨胀。而添加剂，就是那酵母。

在一头现代猪身上，你已找不到天然的生物原理和成长逻辑，它不仅被剥夺了慢慢长大的机会，没有童年、少年和青春的变迁，没有岁月秩序和正常年轮，连生物钟都被篡改了。据说，被药催眠的猪昼夜恍惚，一生都在梦游，喂食时，要狠狠鞭抽才惊醒……

这已非自然意义的猪，亦非农业属性的猪，该叫"工业猪""生化猪""魔术猪"罢。

人眼里，已无"猪"这种生物，唯剩"猪肉"这种物质。

它的生命体征，情绪、心跳、血压……于人已毫无意义。

2006 年，上海连曝"瘦肉精"中毒病例，殃及 300 人。

2009 年，广州惊现"瘦肉精"中毒事件，70 余人就医。

专家这样教人识别猪之良莠：用木板搭一小角度的斜面，若猪能爬上去，即达标。依据是："瘦肉精"等药，会让猪肌肉震颤、呼吸急促、神经受损、肢体瘫软，连站立都痛苦，更甭说上坡了。

如此手段的迫害，若发生在人类内部，早悲愤无语了，除"惨绝人寰""罄竹难书"，连控诉性语言都难找。人积攒起来的全部伦理和文明，似乎只在系统内部才成立，在成员之间才有效，一旦跳出了物种边境，一切契约和常识皆化乌有……再滔天之卑劣，再不齿之龌龊，也干得雄赳赳气昂昂。

所以，像"瘦肉精""红心蛋"等事件，每每败露后，人们只狭私地定位于"食品质量安全"，从未朝"生物虐待"方向瞥一眼。即便正义之士，也只忧心猪给人类造成了什么，或痛斥少数人对同胞做了什么，却完全无视上一个链条：人对猪做了什么。

若上帝主持一个超人间的审判庭，我想，起诉人类时的冠名应叫"魔鬼物种"和"生物法西斯"。人干的不仅是谋杀性消费，还有残忍的酷刑和虐待。

其实，人在动物身上的作为，在同类身上一样做得出来。只要文明和伦理不突破自身边界——不推向所有物种，像奥斯威辛集中营和日军"七三一"那样的梦魇就不会消亡。

奥运前夕，央视等媒体详解专供食品的生产细节，尤提到"奥运猪"。一位供应商夸口：养猪基地远离城区、工矿和交通干线，大气、水质、土壤皆纯净无染；饲料乃欧盟认证的有机农作物，不含添加剂；生猪免疫求助天然中草药，不用抗生素，小猪每天须室外健身两小时。最后又特别指出：非添加饲料养的猪，生长期比普通猪长三个月。

闻此，我百味杂陈。

其实想想，"奥运猪"算什么呀？不就是一头规规矩矩的猪吗？

古代、近代，乃至 20 世纪 90 年代前，普天之下，不都跑着这样的猪吗？

这样的猪今若还有，必是野猪。

2009 年

生活在险境中

谁替我们在垃圾山上铺种花草，
谁为我们赎回远去的诚实与纯真？
我们何以安然度过一生？

打开电视，一警官大学教授在教人同短信诈骗做斗争；换个频道，专家正详解新版百元假钞的破绽，其逼真已让验钞机歇了菜；紧接着，主持人纳闷为何黄瓜顶花带刺、娇若新娘，谜底是避孕药的滋润。再换个频道，说了两件事：一是银行卡里的钱为何不翼而飞，专家提醒，操作 ATM 机时一定要警惕可疑摄像头，以防密码被钓；二是购房纠纷，律师告诫，一定要反复推敲合同的每一句、每一字、每一标点……

好了，我都铭记在心、烂熟于心了。感恩，感恩涕零。

站起来，朝电视机深鞠一躬。

我们生活在险境中，我们居住在楚歌里。

我们警惕地、愤怒地，如履薄冰、担惊受怕地过日子。

是不是有点悲壮？

我想，我若是个傻瓜，可怎么活啊！这么多陷阱，这么多圈套和天罗地网，我何以摆脱猎物的命运？

一桩新闻——

小女孩和家长失散了，便衣警察走过来，小朋友我送你回家吧，小女孩怒斥，"走开，骗子！"便衣很委屈，我不是骗子我是警察啊，小女孩更怕了，"骗子都说自己是警察！"便衣掏出证件，你看我是真的，小女孩撇撇嘴，指向栏杆上的小广告，"妈妈说，最骗人的就是证件。"

一则笑话——

窃贼用入室偷的钱去买烟，烟是假的。烟主乐滋滋去买水果，秤是黑的。果商替家里去买肉，肉注过水。肉贩子正数钞票，制服从天而降，罚款。城管拿私罚的钱去药店，药是过期的。药老板正准备打烊，手机响，老婆哭家里失窃……

谁策划了这样的游戏？谁默认了这样的活法？

谁来取缔那些偷窥的眼神和抢劫的野心？谁来平息这场你中有我、我中有你的欲望骚乱与利益厮杀？谁替我们在垃圾山上铺种花草，谁为我们赎回远去的诚实与纯真？

我们何以安然度过一生？

谁能发明一种魔法，让坏心眼一发芽即变成烂土豆？谁能设计一种篱笆，让恶和恶、善和善单独在一起？谁能创造一种原理，像《木偶奇遇记》的匹诺曹，一动邪念，鼻子就嗖嗖蹿出去。

童话的迷人，因为它有一个灿烂的人生公式，逻辑简单，命运公正，前途一片光明……像宗教一样光明，像小蝌蚪找妈妈一样光明，像善有善报恶有恶报一样光明，从不出错。

　　童话的伟大，在于它柔软地讲述了天理，展示了未污染前的人性。它是现实的校对者，它是成人的教育家。

　　就像星辰之于地球。

　　法律？它亲近和维护的应该是童话。

　　人，何时能把自己送回去呢？

　　回到童年、信仰和永恒的事物身边。

2009 年

人是
什么东西

　　他高居生物链之巅，不仅吞噬
所有动植物，吞噬山川、江湖、森
林，还吞噬石油、煤炭和大地所有
窖藏。他通吃一切，包括自己。

告诉我，你吃的是什么东西，我就能告诉你，
你究竟是什么东西。

——法布尔《昆虫记》

　　谁是真正的生产者？

　　植物。全世界的植物每天生产四亿吨蛋白质、碳水化合物和脂肪，释放五亿吨氧。

　　动物全是消费者。胃口小的属食草动物，几十平方米草可养活一窝兔子，一棵树能栖息一家松鼠。食肉动物的生存成本则高昂了，一只虎要消耗好几座山头，方圆几十公里内的肉量，才能填满它的胃。

　　那么，谁是最大消费者呢？

　　人。他鲸吞的是地球，排泄的乃垃圾山。

　　他高居生物链之巅，不仅吞噬所有动植物，吞噬山川、江湖、森林，还吞噬石油、煤炭和大地所有窖藏。他通吃一切，包括自己。

　　法布尔在《昆虫记》里写道，"一位著名的研究食物的

法国科学家说：告诉我，你吃的是什么东西，我就能告诉你，你究竟是什么东西。"

动物大都有固定食谱，松鼠吃坚果，熊猫吃竹子，考拉吃桉叶，蝙蝠吃蚊虫，蚯蚓吃腐殖质……许多儿歌和谜语正是照此逻辑创作的，比如幼儿园有堂课，叫《动物们的餐桌》，步骤如下：（1）小动物们来了，说说都有谁。（2）动物肚子饿了，请小朋友喂食。（3）说说分别给动物喂了什么食物。（4）看看哪个动物高兴，哪个不开心，为什么？（5）小结：动物各有自己爱吃的食物。

专注、不乱吃，既是动物习性，也是动物美德和造物主的授意。唯此，大自然才确保稳定有序的资源分配体系，物种比例才合理，生态系统得以平衡。简言之，动物的嘴乱不得，一旦乱扑乱咬，世界就乱了。

这是大自然的规矩，是万世太平之道。

本来这一切早安排好了，物类各行其道、各享其食。

人类，尤其现代人登场了。他用锋利的爪和齿，用贪婪的欲望，将古老契约撕个粉碎。

汉字里，有个笔画繁复且丑陋的词：饕餮。

传说它是一种邪恶之兽，面目狰狞，性情凶残，脑袋两侧鼓一对肉翅，其最大特点即胃口好——"吃嘛嘛香"。

人和动物的最大差异是什么？

教科书上说，是直立行走和制造工具。谬矣，应该是：人什么都吃。

正像顺口溜所言："天上飞的除飞机不吃，水里游的除轮船不吃，地上跑的除汽车不吃，四条腿的除桌椅不吃，长羽毛的除掸子不吃……"

若有一日，外星人来地球，捕获一人，想据胃中之物验明其身，恐要目瞪口呆了：这个胃袋，堪称世界上最大的动物坟墓。

拿食物当试纸，这法子适用于另者，于人则失灵。人之腹欲无穷无尽，他在成员内部制造伦理和法律，繁衍制度与文明，于外则无所忌惮。其修养、品格只针对同胞关系，一旦越过物种边境，则骤然变脸，杀气腾腾。

人曾是大自然的一分子，一个卑微而纯朴的成员，现在造反成功，就像猴子蹦出石头，自诩齐天大圣，老子天下第一。

无法无天，乃世间最悲哀之事。

2009 年

白衣人：
当一个痛苦的人来见你
——对现代医学的人文透视

做一名白衣人对世间意味着什么呢？

每个人都可能在某个忧郁的日子里来见你。他走了那么远的路，受了那么久的煎熬，费尽周折，终于站在了你——一个有力量的人面前。他强打精神，眼含希冀，呈上感激，指着自己的胸口或某个沉重部位：这儿，这儿……

我愿尽我力之所能与判断力之所及，无论至于
何处，遇男遇女，贵人及奴婢，我之唯一目的，为
病家谋幸福……

　　　　　　　　　　　　　　　　——希波克拉底

角色体验

患病，乃一种特殊境遇。无论肉体、意志和灵魂，皆坠
入一种孤立、紊乱、虚弱、消耗极大的低迷状态。一个生病
的人，心理体积会缩小，会变异，会生出很多尖锐细碎的东
西，像老人那样警觉多疑，像婴儿那样容易自伤……他对身
体失去了昔日那种亲密无间的熨帖和温馨的感觉，俨然侵入
了异质，一个人的肉体被辟作两半——污染的和清洁的、凶
险的和安全的、背叛的和忠实的……他和自己的敌人睡在一
起，俨然一个分裂的祖国。

求医，正是冲此"统一大业"而来。

相对白衣人的镇定与从容，患者的弱势一开始即注定
了。他扮演的是一被动的求救者角色，对自身近乎无知，束

手无策，被肉体的秘密蒙在鼓里——而底细和真相却攥在人家手中。身体的"过失"使之像所有得咎者那样陷入欲罢不能的自卑与焦虑，其意志和力量被削弱了，连人格都被贬低了。他敬畏地看着那些高大的白衣人——除了尊重与虔敬，还混含着类似讨好、恭维、攀附等意味。他变了，变得认不出自己，唯唯诺诺，恓恓惶惶，对白衣人的每道指令、每一抹表情都奉若神明。那是多么有力量的人啊，与自己完全不同，他们代表真理，掌控着肉体的方程和密码，仅凭那身白衣，就匹配了某种能量与光辉。

每个患者都心存侥幸，奢盼遇及一位最好的白衣人，有时出于心理需要，便鼓励自己：眼前正是这样一位！由于专业隔膜和信息不对等，白衣人——作为现代医学的唯一权力代表，已成为患者心目中最显赫的精神砥柱和偶像。这种不对称的心理关系几成了一种天然契约，作为医治的前提而矗立。

但是，我们必须关注接下来的发生，即白衣人的态度。

对于患者的弱势表现，他是习以为常、漠然受之，还是引为不安、努力回报？在一名优秀的白衣人那里，患者应首先被视作一个"合格"的生命，而非一个被贬低了的客体，甚至，患者应作为一名"重要人物"被看待，获得的应是超常之厚待。一位敏感的医生，一定会意识到：正是在患者这种可怜兮兮的表象下，却蛰伏着一股惊人的力量——一种难以抗拒的道义期冀和神圣诉求，犹如面对朝圣者的跪拜，容不得犹豫和躲闪，你必须照单领受并倾力以赴，不辜负之。不知现代医学教程中有无关于患者心理的描述，我以为它是珍贵而必须的，每个白衣人都应熟悉并思考。

"弱势"在良知一方总能激起高尚的同情和响应。但在另一类人那里，情势则不妙了——

门诊的格子间，常见这样的情景：一方吃力地陈述痛苦，支支吾吾，满脸惨淡和惶恐；一方则皱着眉头，一副轻描淡写、厌烦不耐的样子……更糟糕的是，这性命攸关的接见没几分钟即草草收场了，若患者对那轻易挥就的单子不甘心，还巴望着多磨蹭会儿，白衣人便道："先试试看……"

细想一下那些粗鲁的医学行为，许多细节令人唏嘘。其实在心理上，患者对白衣人的吁求有多么卑微啊，假若能与自己多聊片刻，对自己的身体多指摘几句，也就心满意足、感恩涕零了。

一名正实习或上岗伊始的医生常有这样的体会：当病人径直朝自己走来——一点不嫌弃自己的年轻、在冷冷清清的案前坐下时，自己的内心会激起多大的亢奋啊，他会比前辈表现出更多的热忱与细致，会倾其所有、使尽浑身解数以答谢这位病人……遗憾的是，随光阴流逝，随日复一日的积习，这份珍贵的精神印象便和其他青春记忆一起，在脑海中褪色了……当一个白衣人终于持有了梦寐以求的工龄和资历之后，他究竟比年轻时多出了些什么呢？

尊敬的白衣人，一定有过这样的事吧：冷不丁，您的衣襟突然被患者家属给紧紧拽住——就像溺水者抱住一根浮秸，急迫而笨拙，绝望而哀凉……您的第一反应是什么？敌视、憎厌、恼怒其无礼？还是沉痛与怜悯？是冷冷甩掉那双手还是将之握住呢？

托马斯宣言

美国医学家刘易斯·托马斯在其自传《最年轻的科学——观察科学的札记》中，毫不隐讳地说，他对医生本人不患重症感到"遗憾"。因为如果那样，医生就很难体会患者的恶劣处境，无法真切地感受一个人面对生命危机时的悲伤与恐惧，亦即无法感同身受地去呵护、体恤对方。

读至此，我感慨不已，除了感动，更有敬意。难道不是吗？没有比这种"角色亲历"更有助于改善医患关系了，体会做病人的感觉——这对履行医职是多么重要的精神启示！它提醒我们，一名优秀的白衣人不能绕过患者的痛苦而直接作用于其躯体，他须在对方的感觉里找到自己的感觉，在对方的生命里照见自己的生命，于对方的痛苦中认出自己的那份——而后，才能以纯粹和及时的方式消解这痛苦。

托马斯的假定并无恶意，他只是给自己的岗位增设了一种积极的难度，一份神圣的心灵纪律，进而从人文的角度更近地帮助医学，提升其人道高度和关怀质量。

"托马斯宣言"无疑是理想的、奢侈的，但它却包含诱人的信息，提示了一种高贵的医学愿景。医学，不仅是物质与技术的，也是精神与人文的，它应成为一门涵盖自然、哲学、伦理、宗教、心理、教育等的学科。因为，它面对的并非纯物理体，而是灵肉丰盈之生命——万物中最神秘、最瑰美和深邃的奇迹。人，是最宝贵的，每个人都唯一，都具有"自在"价值和绝对意义。医学亦人学，对生命本体的尊重、仁爱、体恤，应成为"红十字"精神的核心。

有时候，我奢想，白衣人应由人类中最优秀的成员来司职，他应是一个理想主义者，集智识、美德、信念于一身，他不仅是个技术知识分子，更兼备人文知识分子的品质和情怀——对生命充满虔敬和热爱，对职业怀揣高尚的打算，对人性有着深刻的理解与抚慰能力……他还应是个感觉丰富、敏细之人，唯此，方能充分采集患者的感觉，对不确定信息作出判断与梳理，须有心灵的参与，其专业才不会打折，那些物质介入才会在人体上激起神奇的响应与回馈。反之，如果他从情感上贬低了生命，即无法在行为上拯救生命。

一个白衣人的医绩，乃其对"人"之信仰的结果，乃其对生命尊重程度所获得的来自人体的答谢。

死亡：医学的"耻辱"

和平年代，医院已正式成为接纳死亡最多的场所，也成了唯一能使死亡"合法化""专业化"的领地。在大众眼里，死亡现象显然已合情合理——事情明摆着，即使拼了力，那些顽疾、重伤、绝症……生命的溃口太大了，有限的医学现实难免败下阵来。

我想说的是：作为一名严格意义上的白衣人，一位怀有人道信仰和生命关怀力的施治者，无论如何，都不能将死亡（如此惨烈之剧变）视为"合理"——这与医学的最高境界和使命是相悖的。

自诞生之始，医学即注册了其性质是"生命盾牌"而非任何变相的"死亡掩体"。它是以拒绝非自然死亡为目标的，也是其最高的理想准则和道德律令。某种意义上，任何非自然死亡都是医学之耻，都是医学现实的无能所致——只有满足了这一指控，只有基于这种最严苛的定义，"红十字"才无愧于它天然的神圣，才堪称人世间最崇高的道德标识。

"救活他"——假如医学在这一誓言前让步了、畏缩了，那它自身的价值尺度和尊严即遭到了损害，等于侮辱了自己。

托马斯在书中还回忆了一个情景：

一位年轻的实习大夫，在目睹自己的一名患者死去时，失声痛哭。作者指出，那并非事故所致，也就是说，医方并无过失，可一个并无过失之人何以伤恸到"哭泣"的地步呢？

意义即在此。

我想，那一刹，让年轻人流泪的，除了悲悯之情和内心的柔软，还有赖于另一项刺激，一个残酷的事实：医学之无能，医学对一个生命的辜负。他见证了这一幕，他震惊、害怕、悲愤，他心如刀绞……他竟如此的不习惯死亡！他被压迫得喘不过气来，他无法原谅自己所在的"医学"！自己曾多么器重它、仰慕它——他投奔这座殿堂，是冲着"保卫生命"的承诺，而其现实却如此平庸，作为这殿堂上的一员，他无法不羞愧，在死神对医学的嘲笑声中，自己亦被嘲笑了。

习惯死亡是可怕的。倘若连一颗心的骤停——这样巨大的事实都激不起心的悸动，这说明什么呢？麻木与迟钝！在所有的医疗事故中，同情心的死亡乃最恐怖的一种。

让我们与托马斯一道，向这份哭泣致敬！它来自一位年轻人献给这世界的最高贵的礼物：痛苦和自责的勇气。

医学的身份

凡尊重生命与自我的人，在开始一项长期劳动前，是须匹配一个强大理由的。这理由须坚实、饱满，有不俗的精神魅力和荣誉性，符合他的审美心理和价值诉求——唯此，该事业才有着牢固支撑和持续内驱。

不知现在的医学教育有没有试着向学员发问：何为医职？何以为医？

若仅仅把"红十字"作平庸的理解，比方说为了糊口、谋生，而非基于理想，并无高尚的心理打算和精神准备——那他的身份就很可疑。由于信仰缺席，他不对人生提出正式的价值期许，其行为即很难从精神意义上去确认和评估了，姑且称之为"混"罢。现实中，一些粗糙的医务者即循着这样的职业流程从医学院流水线上被复制出来，犹若假肢一般，无精神含量，只有空荡荡的工具属性。说到底，他取得的只是一张不及格的上岗证，而非生命的身份证。

　　尽管当代不乏高大的白衣人形象，尽管医学已取得物质与技术的大繁荣，但须承认，从人文角度看，我们一度清洁的医学传统，正披覆着另一种蒙昧，"红十字"的尊严与荣誉正屡遭污损，看看报纸吧：某少女被误摘卵巢，某患者腹遗纱布十几年，某儿童被推错了手术室……

　　这尚非技术原因，仅为粗野的医疗态度所致，而误诊漏治过度医疗就更无从指认了。由于专业隔膜，患者很难对医疗质量作出鉴别，治好了乃医之功，治坏了是自己不争气……在医疗诉讼中，患者一方总处于劣势。

　　由于天然的德能地位，医院迥异于任何一项市场产业。经验证明，医务质量与经济效益是难成正比的，单靠功利来刺激，助长的是人性的弱点和贪欲，伤害的是真正的医学精神和专业尺度。若把患者视为一间小小的银行——暗中作着提款或洗劫之念，并据此确立服务内容和标准，那医院即不再是本位意义的人道场所，犹如教堂上空的十字架应声坠落。

医学的原色是伟大的，作为一项古老职业，从数千年前起，它就扮演着神性的角色（类似菩萨或上帝），它发轫于道义，以道义为脚力，行走江湖，布济苍生，它承纳民间的膜拜和感激，而荣誉的犒赏又滋养了其力量……

最早为医德立下律令的，是古希腊医生希波克拉底，他每次行医前都重复自己的誓言："我愿尽我力之所能与判断力之所及，无论至于何处，遇男遇女，贵人及奴婢，我之唯一目的，为病家谋幸福……"唐代名医孙思邈可谓东方医德的代表，他的信条是："无欲无求，先发大慈恻隐之心，普救生灵之苦。"他们的职业理由无不纯粹，富有浓郁的博爱色彩和济世情怀。某种意义上，古代医学行为更接近信仰本位，其对外部世界无差别的施与，于自我严格的修为操守，堪与最清洁的神性劳动——宗教行为——相媲美。

你准备好了吗

选择了医学，即选择了它的美德和自在尺度，即须义无反顾地对全社会起誓："为了保卫生命，我决心投身医务！"

许多精神常识于一个白衣人的青年时代即应确立了。

想起医学院的莘莘学子，在你们携着稚气、满怀憧憬地步入校园后，有没有迎来这样的时刻：你们的老师或校长，突然决定领你们去见一个人，一位刚失去孩子的母亲。

你们应握住那虚弱之手，凝注其暗淡的眼神，聆听那凄恻的抽泣……你们应用心结识这位母亲——她可能是任何一个人的母亲！请记住这一幕，记住这是由医学的无力造成的。你们应感到悲伤，感到歉疚，更重要的，你们应试着对医学现实发难，直面前辈的"耻辱"。既然是"耻辱"，就建议你们大胆地咀嚼，直到嚼出力量来。

若这真成为开学的第一课，我将祝贺你们——终于有了一所好学校！在那儿，你们将收获真正的技能和良知。

做一名白衣人对世间意味着什么呢？

每个人都可能在某个忧郁的日子里来见你。他走了那么远的路，受了那么久的煎熬，费尽周折，终于站在了你——一个有力量的人面前。他强打精神，眼含希冀，呈上感激，指着自己的胸口或某个沉重的部位：这儿，这儿……

他选中了你，也就把身体的支配权给了你，把巨大的信任给了你，仰仗你能拯救他，留住其未来的时日。总之，他是怀着朝圣之心来的，无论昔日多么好强或矜持，此时，其眼眸深处都跳跃着一粒颤抖的火苗：请，救救我……

尊敬的白衣人，你准备好了吗？

1998 年

第四辑

精神自治

打捞悲剧中的
"个" （节选）

    他们不再抽象，不再是一个数字，他们有了人间的地址。

    这是生命应有的待遇，这是逝者应有的尊严。只有这样，生死才得以相认，我们才能从悲剧中领取到真正的遗嘱。

1

犹太裔汉学家舒衡哲写过一篇文章，《第二次世界大战：在博物馆的光照之外》，他认为，人们常说纳粹杀了六百万犹太人，日军在南京杀了三十万人，实际上以数字和术语的方式把大屠杀给抽象化了。他说："抽象是记忆最疯狂的敌人。它杀死记忆，因为抽象鼓吹拉开距离并且常常赞许淡漠。而我们必须提醒自己牢记的是：大屠杀意味着的不是六百万这个数字，而是一个人，加一个人，再加一个人……只有这样，大屠杀的意义才是可以理解的。"

我们对悲剧的感知方式有问题？

平时看电视、读报纸，地震、海啸、洪水、矿难……当闻知几十乃至更多的同胞罹难，我们常会产生本能的震惊，可细想，这"震惊"未免有些可疑：很大程度上，它只是一种对表面数字的愕然！人的反应更多地投向那枚数字，为死亡体积的硕大所撼动，为悲剧的规模所惊骇。它缺乏更具体和清晰的所指，它不指向实体，不指向独立的生命，仅仅指向概念——空洞、模糊、抽象的概念，而最终，也往往是用数学方式来结束这场对灾难的消费。

有次饭桌上，某记者的手机响了，被告知当地突发客车倾覆，"伤亡多少？一个？哦……"其表情渐渐平淡，肌肉松弛下来，继续喝他的酒了。显然，对其新闻神经来说，这小小的"一"不够刺激，亢奋不起来。

多么可怕的算术！对别人的不幸，其身心没有投入，而是冷漠的旁观和麻木的算术。对悲剧的规模和惨烈程度，他隐隐埋伏了一种大额预期，俨然看一出戏，当剧情达不到臆想的尺度，即失落、沮丧。这说明什么？它抖落出了人性中某种阴暗的嗜好，一种捕猎者的贪婪。

重视"大"，藐视"小"，怠慢小人物和小众的安危，许多悲剧不正是该态度浸淫的结果吗？许多桥塌楼倒的案例之所以轰动，之所以被重视，很大程度上，并非它藏匿的祸根之深、腐败之典型，而是作为灾难，其吨位和体量实在太大了，令人发指。若非那么多人遇难，而是一个或几个，那它或许根本没资格被"新闻"录取，也引不来围观、调查和严厉问责。

请不要忘了，在那一朵朵烟圈般被嘴巴拱来拱去的数字背后，却是实实在在的"死"之实体、"死"之真相——

悲剧最真实的承重是远离话语场之喧嚣的，每桩噩耗都以其黑色羽翼覆盖住了一个家庭、一组亲人——他们才是悲剧的承担者。于其而言，这个在世界眼里微不足道的变故，却似晴天霹雳，死亡集合中那小小的"个"，对之却是血脉相连的唯一性实体，意味着绝对和全部。此时，它比世上任何一件事都巨大、都沉重、都要紧，除了压迫得喘不过气的痛苦，除了晕眩和凄怆，再没别的了。因为这个噩耗，他们的生活彻底变了，日常被颠覆，时间被撕碎，未来被改写。

2005年1月23日，在阿姆斯特丹的荷兰剧场，近700人接力宣读奥斯威辛集中营遇难犹太人名单，10.2万个名字，历时5天。市长科恩说："只有念出每个人的名字，他们才不被遗忘。"

2012年4月6日，11541把红色椅子在萨拉热窝街头排开，仿佛一条鲜血河流，以此纪念波黑战争爆发20周年，每一把空椅代表一位死难者。

2010年4月，奥巴马参加西弗吉尼亚州矿难悼念仪式，在一一念出29个名字后，他说："尽管我们哀悼这29位逝去的生命，我们同样也要纪念这29位曾活在世间的生命……我们怎能让他们失望，我们的国家怎能容忍，人们仅仅因为工作就付出生命，难道仅仅因为他们在寻找美国梦吗？"

2012年7月26日晚，央视新闻频道，播音员用沉痛缓慢的语调，宣读北京21日特大暴雨中已确认的遇难者名单，61个名字，历时1分35秒。对央视来说，这是史无前例的灾难播报方式。

他们不再抽象，不再是一个数字，他们有了人间的地址。

这是生命应有的待遇，这是逝者应有的尊严。只有这样，生死才得以相认，我们才能从悲剧中领取到真正的遗嘱。

2

在对悲剧的日常叙事上，除了重大轻小之嗜好，人们总惯于以整体印象代替个体的不幸——以集合的名义遮蔽最真实的生命单位。

由于缺乏对个体遭遇的现场想象，感受悲剧便成了隔靴搔痒的抽象旁观，毫无贴身感和切肤感，大众参与的仅仅是数字游戏，一种以灾难规模判定"新闻价值"的游戏。

这是一种物性的关注，这是待物而非待人的方式。由于数字的抽象，我们只留意了生命集体在轮廓上的变化和损失，却忽略了发生在真实的生命单位——个体——内部的故事和疼痛。

数字仅描述体量，没有细节和温度，它空洞、简陋、轻佻，不支持痛感，唤不起深沉的人道情感和理性反思。悲剧新闻的数字化叙事和打包消费，往往培养一种粗鲁的记忆方式，一种冷漠的看客心理和局外人态度，甚至，它稀释真相、消解悲剧，它弱化严肃、催促遗忘。

久之，对悲剧太多的轻描淡写和迎来送往，便会让心灵麻木，让情感变得粗糙、吝啬，生命之间的道德关系也会被腐蚀。

世界上，没有谁和谁是可随意叠加和整合的，任何生命都唯一、绝对、独立，其尊严、价值、命运都不可替代……

那种整体淹没个体的做法，实则对生命的粗暴和不敬，也是背叛与遗忘的开始。

无论新闻，还是历史和艺术，对灾难的表达，皆须落在个体、现场和细节上，才有血肉和神经，才有痛感与震撼，悲剧的道德力量和人性深度才得以绽现。

一百年前的"泰坦尼克号"海难，之所以惊心动魄，是因为两部电影的诞生：《冰海沉船》和《泰坦尼克号》。借助银幕，大家触摸到了那些长眠于海底的"个"，从集体遗容中捞起了一张张鲜活的面孔：情侣、船长、乐师、神父、医生、富翁和下人、母亲和婴儿、圆舞曲、美国梦、救生艇……大家找到了和自己一样的人生、一样的青春、一样的欲望、一样的狭私与高尚……

如此，"泰坦尼克号"不再是一座抽象的遥远时空里的陵墓，悲剧不再是新闻简报，不再是集体死亡档案，而成了一部关于生活和梦想的远航故事，每一张船票都有了主人，有了各自的沉浮和令人唏歔的命运。

如此，"泰坦尼克号"的悲剧才有了价值，才有了真正的记忆。

在美国华盛顿特区，有一座"大屠杀遇难者纪念馆"，其设计师之一的弗里德即当年被纳粹迫害的犹太人。一方面，它在建筑空间和结构上突出现场感和沉浸感，以唤醒参观者的历史记忆，正如媒体评论，"它传达了被赶进如同运输牲畜一般的车厢里的人们疏离、恐惧、幽闭的惊悚，以及在漫长的跋涉之后，处在营地门口迷失方向的选择过程。"另一方面，它在展览设计和陈列上凸显"个体"的意义，它拒绝用抽象数字来控诉，而是搜集了大量遇难者的遗物和生命线索：日记、照片、证件、衣服、日用品、音像资料……"进入一楼的电梯，每个游客都会获得一张身份识别卡，卡上记录着任意一位受害者或幸存者的故事"，如果你对某一个名字感兴趣（比如一个和自己面容酷似或生日相同的人），便可启动某个程序，进入到对方的故事中去，与其一道重返半世纪前那些晴朗或黑暗的日子，体验欢笑与安宁、恐怖与绝望……如此，你便完成了一场对他人的生命访问，一次灵魂之旅。还有一个为青少年特设的展区，叫"记住孩子：丹尼尔的故事"，专门讲述大屠杀期间儿童们的经历。

当走出纪念馆，一度被劫走的阳光重新返回你身上，血液中升起了久违的暖意，你会由衷地感激当下。啊，生活又回来了，你活着，活在一个和平的空间里，活在一个远离梦魇的时代……

你会怀念刚分手的那个人，你们曾多么熟悉……

记住了他，也就记住了历史、正义和真理。

与这位逝者的会晤，相信会对你今后的每一天，对你的信仰和精神，发生重大而正直的影响。

这座纪念馆贡献了真正的悲剧。

重视"小"，重视不幸人群中的"个"，严肃对待世上的每一份痛苦，这对我们来说意义深远。它教会我们一种打量生活、对待他者、判断事物的方法和立场，这是我们认知世界的起点，是一个生命对另一生命最正常的态度，也是共同体命运的基本义务和原理。

　　生命之间，你我之间，很近，很近。

2012 年

决不向一个
提着裤子的人开枪

　　一个人，当他提着裤子时，
其杀人的职业色彩已完全褪去了，
他从军事符号——一枚供射击的靶
子，还原成了普普通通的血肉之躯，
一个生理意义的人，一个正在生活
的人。

1936 年，英国作家奥威尔与新婚妻子一道，志愿赴西班牙参加反法西斯的战斗，并被子弹射伤了喉咙。在《西班牙战争回顾》中，他讲述了一件事——

一天清晨，他到前沿阵地打狙击，好不容易准星里才闯进一个目标：一个光膀子、提着裤子的敌兵，正在不远处小解……真乃天赐良机，且十拿九稳。但奥威尔犹豫了，他的手指凝固在扳机上，直到那个冒失鬼走远……他的理由是："一个提着裤子的人已不能算法西斯分子，他显然是个和你一样的人，你不想开枪打死他。"

一个人，当他提着裤子时，其杀人的职业色彩已完全褪去了，他从军事符号——一枚供射击的靶子，还原成了普普通通的血肉之躯，一个生理意义的人，一个正在生活的人。

多么幸运的家伙！他得救了，还蒙在鼓里。因为他碰上了"人"，一个真正的人，而不仅仅是一个军人、一个只知服从命令的杀手。那一刻，奥威尔执行的是自己的命令——来自"人"的指令。

这是一个生命对待另一个生命的态度。

换了别的狙击手，他的裤子恐怕就永远提不上了。倘若两人互换一下位置，他或许毫不迟疑地搂动扳机，发出一声

"见鬼去吧"的冷笑。

战争，最直接的方式与后果皆为杀人，每个踏上战场的人都怀揣清醒的杀人意识，他是这样被定义的：既是射击者，又是供射击的靶子。而"英雄"与否，即在于杀人成绩的大小。在军事观察员眼里，奥威尔的"犹豫"，无疑是一次不轨、一起渎职，按战争逻辑，它是不合格的，甚至非法的，要遭惩处。但于人性和心灵而言，那"犹豫"却如此伟大和珍贵！作为一桩精神事件，它应该被记入史册。

这样说一点也不过分。

假如有一天人类不再遭遇战争和杀戮，你会发现，那值得感激的——最早制止它的力量，即源于这样一些细节：比如，决不向一个提着裤子的人开枪！

这是生命之于战争的一次挑战，也是"人"对"战士"的补充。

它在你死我活的战场上发现了"人"，并给予对方以"人"的待遇。

它在捍卫武器纯洁性的同时，更维护了人道的尊严和力量。

斗争、牺牲、血债、复仇、消灭……

如果只有仇恨而没有悲悯，只有决绝而没有犹豫，你能说今天的受害者明天不会变成施虐者？英勇的战士不会变成残暴的凶手？

你隐约想起了一些很少被怀疑的话："对敌人的仁慈就是对自己的残忍""绝对服从是军人的天职"……

你感到了一股冷。

政治的冷，刀锋的冷，地狱的冷。

而不合时宜的奥威尔，却提供了一种温暖，像冬天里的童话。

2002 年

为什么
不让她们活下去

　　我对所谓"女性解放"时代的
到来并不乐观，只要对男女肉身的
审视态度仍存在双重标准，只要继
续对女性身体附加超常的伦理意义
和"领土"属性——"洁癖"即会
继续充当女性最大的杀手。

革命肉身的洁癖

看苏联电影，不止一次看过这样的情景：美丽的女战士不幸被俘，虽拼死反抗，仍遭敌人侮辱……接下来，无论她怎样英勇、如何坚定，多么渴望自由和继续战斗，都不能甩开一个结局：殉身。比如敌群中拉响手雷，比如跳下悬崖或滚滚江水……

小时候，面对这样的情节，在山摇地撼、火光裂空的瞬间，在悲愤与雄阔的配乐声中，我感到的是壮美，是激越，是紧挨着悲痛的力量，是对女战士的怜惜和对法西斯的咬牙切齿。

成年后，当类似的画面继续冲来时，心理却渐渐起变。除了对模版化的命运生厌外，我更觉出了一丝痛苦，一缕压抑和疑问……那象征"永生"的轰鸣似乎炸在了我胸腔，我感到一股毁灭之疼、死亡之悚。

为何不设一种让其逃脱魔窟、重新归队的结局？为何不让那些美丽的躯体重返生活和时间？难道必须去死？她们就没有活下去的理由和愿望？难道她们的"过失"必须以死相抵吗？

这是什么样的创作心态？

终于，我懂了：是完美主义的要求，是革命肉体的洁癖。

不错，她有"过失"，她唯一的过失就是让敌人得逞了。在革命者眼里，这是永远的痛惜，永远擦不掉的内伤。在这样的大污损面前，任何解释都没用，对女人来说，最大的生命瑕疵莫过于失身——无论何种情势下。而革命荣誉，似乎更强调这点，不仅精神纯洁，更要肉体清白，一个女战士的躯体只能献给自己的同志，决不能被敌染指。试想，假如她真有机会归队，那会是怎样的尴尬？怎样的不和谐？同志们怎么与之相认？革命完美主义的面子怎受得了？

出路只一个，即所有编剧都想到的那种。在一声轰鸣中，所有耻辱都化作了猩红的硝烟，所有人都如释重负，长舒一口气。硝烟散尽，只剩下蓝天白云的纯净，只剩下美好的往事，只剩下复仇的决心和升级了的战斗力……

这是所有人都不愿看到的，却是所有人都暗暗希望的。

她升华了，干净了，永生了。她再也不为难同志们了。她成全了所有的观众。

这算不算一种赐死？

不得不佩服编剧的才华和苦心。以死雪耻，自行了断，既维护了革命的贞节牌坊，又不让活着的人背上心灵包袱，两不相欠……说到底，这是编剧在揣摩某种权威意志和逻辑行事，尽管正是他，暗中一次次驳回了她继续活下去的请求，但他代表的却是自己的阵营，是整个集体的形象工程。

失身意味着毁灭，这层因果，不仅革命故事中存在，商业电影里也有。

《魂断蓝桥》我喜欢，但不愿多看，因为压抑，因为"劳拉"的死。我更期待一个活下来的妓女，一个有勇气活下来的妓女，一个被我们"允许"活下来的妓女……若此，我会感激那位编剧。

让一个曾经"失足"的人有脸面地活着，难道给谁丢脸？

是什么让艺术变得这样刻薄和虚弱？这样吝啬和不宽容？

其实是一种隐蔽的男权文化，一种近乎巫术的大众心理学，一种"法老"级的对女性伦理和生理属性的古老咬定。这一点，即使在以"解放妇女"为口号的政治和文化运动中也不例外。

看过两部热播的公安题材电视剧，《一场风花雪月的事》和《永不瞑目》，不知为何，当剧情展开至一半，比如那位女警察欲罢不能爱上了黑社会老大的弟弟，比如那位卧底的大学生被迫与毒贩女儿有了肌肤之亲，我脑子里忽闪过一丝不祥，似乎已预感到她（他）要死了……并非因她（他）犯了规，违反了职业纪律，而在于其身子出现了"不洁"——这是为革命伦理很难接受的"过失"，恐怕需要她（他）用生命为代价去实现所谓的"救赎"。开始我还希望自己错了，希望我的经验过时了……但很遗憾，那经验仍很先进。

或许作者就是那样的道德家吧，有着难以启齿的洁癖。或许是自我审查所为，不这么写，即无法从革命伦理的标尺下通过。

　　贞操、完美、玷污、耻辱、谢罪、洗刷、清白……

　　世人竟臆造了那么多凌驾于生命之上——乃至可随意取代
它的东西——甚至铸造出了命运公式！

　　我想起了自然界的一种哺乳现象：据说一些敏感的动物，
若幼崽染上了陌生者的气味，比如与人或其他动物接触过，
生母往往会将之咬死。原因很简单：它被染指过了，它不再
"纯洁"。

对女性身体的"领土"想象

　　印度学者布塔利亚·乌瓦什在《沉默的另一面》中，记述
了1947年，随着印度和巴基斯坦宣布分治和独立建国，在被
拦腰截断的旁遮普省发生的一场大规模流亡和冲突：以宗教隶
属为界，印度教、锡克教人逃向印度，伊斯兰教人涌向巴基斯
坦。短短数月，一千二百万人逃难，一百万人死亡，十万妇女
遭掳掠。作者以大量实录记述了这场灾难，女性的遭遇最为惨
烈：为防止妻女被玷污，大批女性被男性亲属亲手杀死，或自
行殉身。

　　被采访者中有位叫辛格的老人，当年他和兄弟把家族中的
17名女人和儿童全部杀死。他说："有什么可害怕的呢？可
怕的是蒙受耻辱。如果她们被穆斯林抓去，我们的荣誉、她们
的荣誉就都完了……如果你觉得自豪，就不会害怕了。"屠杀

的方法有服毒、焚烧、刀砍、绳勒等。在锡克族的一个村子，90名女人集体投井，仅3人幸存。一位叫考尔的幸存者回忆："我们大家都跳进了井里，我也跳了进去，带着我的孩子……井太满，我们没法淹死。"读到这，我内心发抖，世上竟有一种叫"谋杀"的爱？死，反倒成了一种救赎、一种美德？

据说，那口井太惨烈太著名，连印度总理尼赫鲁都曾去探视。

对于那些亲手杀戮亲人的男子来说，即使事情过去了半个多世纪，他们也不为当年的事有一丝愧疚，反倍感自豪，对妻女姊妹毅然领死而充满赞美之情。

几十年后，许多被掳的妇女大难不死返回故里，迎接她们的第一句话竟是："为什么回来？你死了会更好点儿。"

作者分析说："不论印度教、伊斯兰教还是锡克教，都把女性的母亲角色和生殖功能联系与民族国家大业的开展，联系与传统的维护。女人身体成为民族神圣不可侵犯的领土、男人集体的财产、反殖民抗争的工具。"

其实，女体成为男性决斗的战场，成为民族拱卫的领土，此情形在人类历史上屡见不鲜。而愈是宗教形态硬化的地区，愈变本加厉，为浇固教旨的尊严和民族性的纯粹，往往竞相在对妇女的约束上下功夫，对女性形象和操守的约定、禁忌，总是远大于对男人的要求。比如在阿富汗，女性被剥夺了受教育和参与公共活动的机会，身体终日被裹在长袍里，只许露一双眼睛——这种对女体肉身的超强重视，这种监狱般的严密"保护"与封锁，宣示着一种对宗教母本的捍守决心，一种对外来文化窥视的严格防范，一种充满敌意的警告与断然拒斥。

你甚至很难识别，这究竟算一种极端的护佑，还是一场刻意的虐待？

由于女性身体天然的生理构造、原始的生殖色彩、性行为中的被压迫和受侵入特征，使其艰难地担负起宗族的繁衍、荣辱、得失、尊严、纯洁、忠诚等符号学意义，而成了一种特殊的文化隐喻，她身上被灌注了超重的价值想象和历史记忆：政治的、伦理的、宗族的，甚至经济学的……于是有了一种奇怪现象：古老的民俗特点似乎总能在妇女身上得以顽强保留和延续，乃至在现代社会学和旅游业中，妇女装扮和规习竟成了最大的文化看点。

于女人而言，这些超常待遇带来的是"不堪承受之重"，平常日子里，意味着身心禁锢，特殊时期则意味着毁灭。尤其当宗教火拼和异族战事发生，女性身体更首当其冲，沦为双方的战场和争夺的战利品——因为自己的重视，也势必会引起对方的重视。"当两阵敌对冲突时，争相侵犯对方的女人，成为征服、凌辱对方（男人）社群的主要象征和关于社群的想象。"（布塔利亚）这在后来的波黑战争和科索沃动乱中表现得很充分。

所以，动乱中的女人最不幸，文明与历史的牺牲，很大程度上沉淀为女性的牺牲。战争的最大成本，它最冷酷、最残忍和阴暗的部分，往往以落到女性身上为终结。胜利也大多只是政治的狂欢和男权的高潮，而不会给女人带来利益。日本侵略战争过去了那么多年，"慰安妇"仍是笼罩受害国的一块浓重阴霾，烧焦的国土、被掠的资源、遇害的生命，皆可不要赔偿，但被侮辱的女性身体，却须讨一个说法……或许在民族的心理记忆中，最难愈合的创伤，即女性体内的隐痛。

对女体过度的利益想象和价值负荷，即使在理性文明发达的西欧，也很难破例。二战后，在法国，在意大利，人们竟自发组织起来，对那些与纳粹军人或德国侨民通婚、同居的女子施以惩罚，将之剃光头，令其抱着"孽子"上街游行，随意羞辱甚至杀戮……即使对德军俘虏，也没这般态度。可假如换一下主角，与敌国异性有染的事发生在男人身上，非但不受谴责，反被捧为英雄……为什么？

不管怎样，我对所谓"女性解放"时代的到来并不乐观。只要对男女肉身的审视态度仍存在双重标准，只要不能平等地看待男女"失身"，只要继续对女性身体附加超常的伦理意义和"领土"属性——"洁癖"即会继续充当女性最大的杀手。

2002 年

保卫语言

——世纪之交断想

语言环境即生活环境，语言体征即社会体征，语言遭遇即人的遭遇。

保卫语言，就是保卫生活。一个真正的爱国者，须从维护母语的纯洁、健康和尊严开始。

这是一个被物质和精神累垮了的世纪，一个观点与行为最密集、最吊诡的世纪；这是一个理想最亢奋也最沮丧、最高尚也最卑鄙的世纪，一个广场和战场、喇叭和子弹使用率最高的世纪，也是一个总在争吵和企图消灭声音的世纪。

　　语言累了，因说得太多或言不由衷，它多想休息，多想静下来——停止持久的激动。

　　然而不可能。

　　语言是这样一种器皿：既可托举崇高与正义，亦能腌制阴谋与罪恶；既可盛放梦想与道路，亦能藏匿陷阱与坟墓；既能诉说童话与爱情，亦可装饰谎言与劣迹；既可诉说伟大与永恒，亦可包庇龌龊与堕落；它不仅被用来讲述人的历史，也参与腐沤和篡改人的历史；它不仅许诺了种种蓝图和美景，也通过蛊惑、煽动、蒙蔽——做欺世盗名的勾当。

　　"卑鄙是卑鄙者的通行证，高尚是高尚者的墓志铭。"（北岛）

　　"正是词语创造了一个我们生活其中的世界。"（米奇尼克）

　　语言是人性的伴侣。语言是精神的脸谱。语言是文明的孩子。

20世纪的人已目睹：作为一个民族最具文化主权性和基因标识性的语言，一旦它的神圣逻辑和法则，一旦它的天然内涵和秩序——遭遇恶性政治的侵袭，一旦它的独立性和自主性丧失，而被战争狂、野心家、威权者所操控，其情形即像电脑染上了病毒，其混乱和恐怖，远非杀伤性武器可比。

它会让理性瘫痪，让常识失明，让人性扭曲。

语言暴力，招来的是行为暴力。希特勒的咆哮，戈培尔的口才，点燃了德意志的肌肉并引爆了它。

我们有必要一再被警示：保护好自己的脑仓有多重要！保护好自己的语言系统——检索并拒用被污染的概念、判断和逻辑，有多重要！要以对待水、空气、食物的标准和纪律，维护它、修复它，就像保卫我们的生命与健康。

一个旧的时代结束了，最需清理的即语言垃圾。比如20世纪70年代末以来，我们告别了疯狂岁月里那些分贝最高的词："打倒""横扫""批斗改""大字报""封资修""地富坏""牛鬼蛇神""投机倒把""战天斗地""一句顶一万句"……同时迎回了"个体户""资本""民营""致富""证券""公民""市场经济""法制社会""私有财产"……

语言环境即生活环境，语言体征即社会体征，语言遭遇即人的遭遇。所以海德格尔说，语言是存在的寓所。

保卫语言，就是保卫生活。时代的变革和主题最先凸显在语言上，一个拥护时代的人须从拥护时代的语言开始。同样，一个真正的爱国者，须从维护母语的纯洁、健康和尊严开始，正如都德在《最后一课》里嘱托孩子的那样。

语言历程折射着一个民族的骄傲与屈辱、光荣与劫难、成就与过失。而污染过的语言，就像塑料袋和电子垃圾，其分解往往艰难而缓慢，时至今日，仍有多少生病的逻辑、句式、语态，为我们朗朗上口而不觉呢？

海因里希·伯尔说得好，"最重要的是，在一个适于居住的国家里，追求一种适于居住的语言。"

1998 年 11 月

读书：
最美好的生命举止
——与年轻朋友的文学通信之一

朗读诗歌的人，往往是最热爱生活的那一类人，是灵魂端庄而优雅的人，是幸福感强烈而稳定的人，是血液里藏着酒精和火焰的人。

诗歌是一种信仰，是一种向生命致敬和献辞的方式。这是一种古老的方式，也应成为一种年轻的方式。

你问到了"读书"对现代人尤其年轻人的意义，这正是我想说的。

在我看来，阅读，不仅是一项生活内容，还是一种生活方式。一个人的知识构成、价值判断、审美习惯，多来自于阅读。我是20世纪60年代末生人，我的青春期没有互联网，我是在读书中长大的，它帮我完成了和历史上那些优秀人生的交往，有了书，你就不孤独，即有了全世界的旅行，即可领略全人类的精神地理和心灵风光。

在这个电子媒介时代，我尤其推崇纸质阅读。抚摸一本好书，目光和手指从纸页上滑过，你内心会静下来，这是个仪式，就像品茗，和一个美好的朋友对坐，氤氲袅袅，灵魂游弋，你会沉浸在一个弥漫着定力和静气的场中。而浏览网页，不会有这感觉，你只想着快速地掳取信息，一切在急迫中进行，这就不是品茗了，是咕嘟嘟吞水。纸质阅读是有附加值的，它会养人。

读书不是查字典，不要老想着"有用"，其价值不是速效的，而是缓释的，是一种浸润和渗透的营养，一个人的心性和气质从哪儿来？就是这样熏陶出来的。古人说，"三日不读书，则面目可憎。"儿时不解，后来我懂了。一方水土养一方人，书籍即这水土，养的效果取决于你的阅读质量和吸收能力。

你提到我那本阅读札记《跟随勇敢的心》，不错，正像自序中所说，这是我深夜精神私奔、与大师对话的结果，也记录了我青春岁月的心路。当时我客居在一个小城，大运河畔，很僻静，我的家当是几纸箱书，那是我全部的人生行李。在那儿，我度过了最重要的读书时光，那时候，感觉白天很短，夜晚很长，一亮灯，纸箱一打开，时空即变了，繁星照耀，一个青年走出很远很远，然后赶在天亮前回来……那是李白、杜甫、苏轼和徐霞客的星空，那是普希金、"十二月党人"和"古拉格群岛"的星空，那是苏格拉底、伏尔泰、康德和尼采的星空，那是文艺复兴、法国大革命和"五月花号"的星空……

你问对我影响大的作家有哪些？好作家的标准是什么？

我把优秀作家分成三类：一类可读其代表作，一类可读其选集，一类可读其全集。有位青年去远方支教，一个荒凉之地，来信问带什么书好，我想了想，说：若你只带一部书，那就带罗曼·罗兰的《约翰·克里斯朵夫》吧，它的精神体魄能激励你变强壮，它会像体能教练一样辅导你，让你美好而自足地面对全世界，不再盲目求教或求助于另者。

就精神的端庄和美感而言，我推崇罗曼·罗兰和茨威格，我称之为"人类作家"，亦即前面说的第三类。茨威格，是对我有贴身影响的人（这种影响，和一个人的"精神体质"有关，或者说，他是我的"过敏源"，我反应大），其文字有一种罕见的高尚的纹理，有一种抒情的诗意和温润感，他对热爱的事物有着毫不吝惜的赞美，尤其对女性，极尽体贴与呵护，很绅士、很君子，他是天然的贵族，我欣赏他的心性和教养，我极信任他的文字，此感觉在别人身上很少获得。

读他们的时机越早越好，一旦你读了大量流行书和快餐书之后，即很难再领略其美感，因为你的口味被熏得太重了。

一个人，拿什么来为自己奠基，拿什么做"人之初"的精神功课，很重要。

我对年轻朋友说，趁青春，多读几部长篇。据我的体会和观察，一个人30岁后，很可能无缘长篇小说了，不单少了闲暇，重要的是没了心境，没了与之匹配的动力和好奇心，没了那种全神贯注、身心并赴、如饥似渴的状态。读长篇是大投入，需要一种生活节奏和内心节奏来配合，读长篇是一种"慢"，是一场漫长的精神徒步，要求你不功利、不急躁，体力和心力都充沛，需要你支付一份绝对信任……而30岁后，人似乎不愿再把自己交出去了，少了一种对事物的迷恋，疑心重，拒召唤，畏惧体积大的东西。

请一定别忘记诗歌！诗是会飞的，会把你带向神秘、自由和解放的语境，带向语言乌托邦。诗，表达着语言的最高理想和生命的最纯粹领地，其追求与音乐很像。和长篇一样，青春应该是读诗的旺季，这时候的你，内心清澈、葱茏、轻盈，没有磐重的世故，没有杂芜的陈积和理性禁忌，你的精神体质与诗歌的灵魂相吻合，美能轻易地诱惑你、俘虏你，你会心甘情愿跟她走。

诗是用来"朗读"的。和"看"不同，"朗读"是声音的仪表，是心灵的容颜，是一种爱情式的表白。"朗读"，足以把文字变成情书，变成光芒，变成激动和战栗……朗读诗歌的人，往往是最热爱生活的那一类人，是灵魂端庄而优雅的人，是幸福感强烈而稳定的人，是血液里藏着酒精和火焰的人。

诗歌是一种信仰，是一种向生命致敬和献辞的方式。这是一种古老的方式，也应成为一种年轻的方式。

不知为何，"读"书人似乎越来越少了，人的嘴唇变得懒惰而迟钝，变得嗫嚅不清、语无伦次。留住"读"的习性吧，别丢了，这是热情，是本领，是生命温度。

就文学而言，我觉得不妨多读两类东西：一是古典和经典，比如莎士比亚、安徒生、契诃夫、陀思妥耶夫斯基、托尔斯泰、帕乌斯托夫斯基、阿赫玛托娃、帕斯捷尔纳克、雨果、福楼拜、尼采、海明威、川端康成、卡夫卡、泰戈尔、马尔克斯、奥威尔……比如鲁迅、沈从文、萧红、张爱玲、丰子恺、汪曾祺、孙犁等。再者即当代作家的好作品，尤其本土作家，毕竟母语写作，而翻译作品，往往有美学和信息上的损失，这个名单太长，不列举了。

另外，我觉得一个人一定要读点儿哲学，精神构成中要有一点务虚和形而上的东西，它们最接近世界真相和生命核心，哲学提供的就是这个。

人世间，思想家很多，"生活家"很少。纯正意义上的生活，聚精会神的生活，超越阴暗和苦难的生活，不被时代之弊干扰的生活。

除了思想榜样，我们还要为自己积攒一些生活榜样，一些独立而自由的情趣之人，一些"生活的专业户"，以做我们的精神邻居。

丰子恺、王世襄，我非常喜爱的两位生活大师，是那种"长大成人却保持一颗童心"的人，是让你对"热爱生活"永远投赞成票的人，我称之为精神上的"和平主义者"和"绿色环保者"。我开玩笑说，多读他们，可防抑郁或自杀。

穿越浊世的丰子恺，顽强地将童心承续一生，在他身上，那种对万物的爱，那种对生活的肯定和修复态度，那种对美的义务，是如此稳定，不依赖任何条件。儿童，是他的画材，也是他的宗教；是他的儿女，也是他的偶像；是他心灵的糖果，也是他思想的课本。儿童的游戏、儿童的逻辑、儿童的爱憎、儿童的简易与欢乐……皆让他深深痴迷。

我欣赏丰子恺和孩子建立起来的那种关系，更理解他对儿童被成人社会俘虏之后的那份痛惜。初为人父，有媒体采访我的育儿想法，我说：对童年而言，美学意识的苏醒和启蒙，或许是最重要的，包括人格、情感、自然审美等。虽然我担心，社会环境和你帮孩子搭建的心灵环境太不匹配，但我不后悔，因为他有一个合格的童年。童年即童年本身，它是独立的，有尊严的，它不能作为成人的预备期而被牺牲掉。当年，《精神明亮的人》出版时，我在封面上题了这样一句话："让灵魂从婴儿做起，像童年那样，咬着铅笔，对世界报以纯真、好奇和汹涌的爱意……"

枕边，我常放丰子恺的画册，以助一场美好的睡眠。我常想，这个国家的气质和日常生活里，若多一点丰子恺味道，该多好，该多好。

大师已去，却把他的孩子献给了全世界：阿宝、软软、瞻瞻、阿韦……丰子恺作品，我最喜爱的，是20世纪50年代以前的，之后的画，孩子们戴上了红领巾，脖颈有点僵了。

罗曼·罗兰有言："世上只有一种真正的英雄主义，那就是在认识生活的真相后依然热爱生活。"这是我心目中的好作家标准，好的作品和人生，都实践着这一点。

说了这么多，其实，我并不想把我的价值观强加于你，包括我将要说的，皆非真理，只是选择，一个人的选择，或者说，一个人的"真理"。

一个人的真理，只有参考意义，没有信奉意义。更何况，对精神和心灵来说，真理并非最高的价值标准，只有于自然科学，真理才是最高价值。

读书不为别的，是让书里的那些精神光线或美学营养，照亮我们，提升我们的心灵视力，滋养和愉悦我们的人生。有句话说，"你喜欢这些东西，说明你本身即属于这些东西"，除了意义，要尊重自己的喜欢或不喜欢。一本书，若既有意义又有意思，那最好了。

2013 年 1 月

无穷的远方，
无数的人们
——与年轻朋友的文学通信之二

即使在一个糟糕透顶的年代、一个心境被严重干扰的年代，我们能否在抵抗阴暗和障碍之余，在深深的疲惫和消极之后，仍能为自己积攒下一些美好、明净的生命时日，以不至于太辜负一生。

你问，现在出版物多得让人恐惧，各类推介泛滥，很困惑，怎样算是好书？一个人怎样与一本好书相遇？

其实，适合你的书即好书，能让你心底微笑的书即好书，与你"化学反应"并有新物质生成的书即好书。

我提醒身边的年轻人：少接触畅销书和明星书，少亲近浓妆艳抹的招揽和吆喝，别让其占据你的书架和闲暇。因为"畅销"角色决定了其快餐品质，它是为讨好你的惰性和弱点而策划的，不可避免带有粗糙、轻佻、伪饰、狂欢的性能，你会得到迎合却得不到提升。它是产品，不是作品，只能一次性消费。

一册好书，在生产方式上，必有某种"手工"的品质和痕迹，作者必然沉静、诚实、有定力和耐性，且意味着一个较长的工期，内嵌光阴的力量。人生，若能找到一些好书并安置在身边，那就很幸运，很富有，仿佛住在一栋优美的房子里，周围都是好邻居。

积累好书，确需一些渠道，比如你可追踪某个喜欢的作家，从其阅读经历中发现线索。若你欣赏一个人，他欣赏的东西很可能亦适合你，因为你们的精神体质相仿。另外，生活中可寻一些有鉴赏力的书友，将其收藏变成你的收藏。读书是一种生活，需要孤独，也需要分享，有书友是件很幸福的事。

你对我的写作和生活很好奇，我的书你几乎搜集全了，你表达了热爱，你是真诚的，但还是过誉了。有一点你没说错，在题材上，我喜欢"变"。是的，我追求视野的辽阔，并习惯于一种散漫的自由。

生活，始终引导我做一个有内心时空的人，一个立体和多维的人，一个耽于冥想、心荡神驰的人。有人说过：你的选题和视角很独特，多为首创，一篇文章换了别人可能会扩成一本书，舍不得用完……我就用单篇结束，我不爱在一个点上沉溺太久，那样不自由，我的写作有点像散步，喜欢漫无边际的游走，喜欢地形复杂的野地，人越少，事物越多，能见度越高。这在自选集《精神明亮的人》里最明显，篇篇题材各异，彼此都意味着"远方"。就像我给一档电视节目取名《看见》，我希望它能看见遥远的东西，看见那些被遮挡和忽略的事物，在选题上，我偏爱那些隐蔽的生命类型及其命运故事，偏爱有"精神事件"品质的新闻事件。哪些表达非己莫属？"看见"什么和怎样"看见"？这是我判断和投入一次写作的前提。写得少，也和这种态度有关。

媒体是我的职业，写作是我的生活。人和人的差异即在于业余，我曾说，真正的好东西你一定要把它留给业余，不要当什么专业作家或职业写手，他们要么服务于职能，要么服务于市场。

一个作家，能不能在精神和行动上与自己的时代缔结一种深刻关系，决定着其作品的气象和格局。他要具备两种能力：恨的能力和爱的能力。你的关怀力越大，越激发这两股力量，爱得越深沉，越能逼近爱的敌人，看清那些威胁美的东西，你就要去抗争，去捍卫这个生存共同体，去保护你所爱的人和事。

鲁迅之伟大，正因为他对"义务"的理解，"无穷的远方，无数的人们，都与我有关"。

任何艺术，都离不开责任，一个人的精神成绩，往往取决于关怀力大小。一个好作家，首先是一个赤子，他要发现时代的任务，要关心他者的遭遇和人类的命运，一个人的生活态度即写作态度。有次，某报刊让我谈谈"理想主义"，我举了捷克作家伊凡·克里玛的例子，20世纪70年代，在回答为何不出国避难时，他说，"因为这是我的祖国，这儿的人和我讲的是同一种语言……对国外那种自由生活，因为我没有参与创造它，所以不能让我感到满足和幸福。""我没有参与创造它"，这是最打动我的话。一个作家，若只沉迷手艺而拒绝时代的召唤，那只是个平庸的文匠；一个人，若只有生活理想而无社会理想，是难称理想主义者的。理想主义者通常是忧郁的，但要哀而不伤，可以愤怒，但不能绝望。理想主义不是画饼充饥，它富于行动，要做事，要追求改变。它要赶路，披星戴月，风雨兼程。

中国是个苦难型社会，让人生气的事太多，"忧愤""焦虑"几成日常表情，故百年以来，鲁迅的号召力远大于他人。但仅有愤怒和批判是不够的，一个人的内心不能总是硝烟弥漫、荆棘丛生，要有风和日丽、山花摇曳……如此，我们才不远离生命的本位和初衷。

当下有个精神危险：由于粗鄙和丑暗对视线的遮挡、对注意力的绑架，人们正逐渐丧失对美的发现和表述，换言之，在习惯和能力上，审丑大于审美。这其实是个悲剧，生活有荒废的可能。尼采说："与怪兽搏斗的人要谨防自己变成怪兽……如果你长时间盯着深渊，深渊也会盯着你。"这就是为何长期以来，我在写作中总告诫自己，别忘了凝视和采集美好之物，这是我们热爱生活的依据。正像我在一本书的封底所写："即使在一个糟糕透顶的年代、一个心境被严重干扰的年代，我们能否在抵抗阴暗和障碍之余，在深深的疲惫和消极之后，仍能为自己积攒下一些美好、明净的生命时日，以不至于太辜负一生。"

20世纪末，第一本书《激动的舌头》出版时，评论家王小鲁说："他在一个措辞不清的黄昏里，具有罕见的说是与不是的坚决与彻底的能力。他在一个虚无主义的沙漠中，以峭拔的姿态和锋利的目光，守护着美与良心。"

抛去形容词，有两个名词他所用是恰当的：美与良心。换言之，审美精神与批判精神，爱与恨。我离不开这两样东西，每篇都是，每本书都是，每分钟都是。

我对单极事物有呕吐感，必须有两个系统，两张精神餐桌，否则会厌食，会憔悴。所以，当你称我"嫉恶如仇"时，我想说：

我不是反对者，我只是反抗者。我出生的全部目的只有一个：生活！在充分的肯定语境和平静心态中生活，在充分的美和爱中生活，聚精会神、不被干扰地生活。我从未料到会带着愤怒和冒烟的心情来度日，但当生活被恶意篡改时，我想，必须奋斗，必须抗争。有些任务，应在这代人身上完成，否则，我们配不上来自后世的尊敬和爱戴。后人可重复我们的爱，但不应重复我们的恨。

但是，生活——生活永远是最重要的，无论多么崇高的事业和精神征战，都别忘了生活本身，别让生活离你远去，别忘了我们出发的理由……向大自然学习生活，向儿童学习生活，它们是最好的导师。

因此，我的书架上，我的精神客厅里，会有鲁迅、胡适、卢梭、伏尔泰，也会有李渔、张岱、丰子恺、王世襄，还有许多植物图谱、园林画册和童话绘本……他们济济一堂，彼此敬爱。

希望他们，亦能成为你的嘉宾，更希望你能带着神秘的客人，来这儿串门。

搬把椅子，在太阳下读书，真是幸福的事，也是生命最美好的形貌和举止。

2013 年 1 月

这是最好的时代，
这是最坏的时代
——《古典之殇——纪念原配的世界》序

俄国乡村诗人叶赛宁自杀后，高尔基哀鸣：他生得太早，或太晚了。

我以为，这是句悲伤过度的话。其实，每个人都生逢其时，每个人都结实地拥抱了自己的时代。每个人，都在厌恶与赞美、冷漠与狂热、怀疑与信任、逃避与亲密中完成了对时代的认领。

当你说爱一个人的时候，其实说的就是爱这个时代。

当我们正在为生活疲于奔命的时候，生活已经离我们而去。

——约翰·列侬

如果我说我们对它既是不能忍受的、又与它相处得不错，你会理解我的意思吗？

——萨特

1

19 世纪的狄更斯在《双城记》开头写道："那是最美好的时代，那是最糟糕的时代；那是智慧的年头，那是愚昧的年头；那是信仰的时期，那是怀疑的时期；那是光明的季节，那是黑暗的季节……"

这段话让人隐隐动容。

他的指向是"法国大革命"。起先，我以为这样的评语只适于精神激昂、大变革和大撕裂的时代——分泌的希望和绝望同样多、创造力和破坏力同样大，但现在，我改了看法，觉得它几乎匹配任何岁月，每个人都会对自己的现世发出类似感慨。

前些天，接受一位独立制片人采访，地点是明城墙旁的酒吧，当被问"你怎么评价这个时代"时，狄更斯的话猛然在空气中一闪，像玻璃片的反光，我本能地眯起眼。朋友说，你眯眼的样子像是皱眉和闪躲，又像憧憬或陶醉。

那个寒风尖锐、但有阳光和红茶的下午，我说："这是个最好的时代，也是个最坏的时代。"

两个"最"，说明逻辑的矛盾和混乱。但感情上，我们没理由不爱现世、不支持和肯定当代价值，因为我们只有它，我们的摇篮和坟墓、生涯和意义都住在里面——就像蚯蚓淹没在泥土里。我们把一辈子，仅有的一辈子都抵押给了它，献身于它了。

俄国乡村诗人叶赛宁自杀后，高尔基哀鸣：他生得太早，或太晚了。

我以为，这是句悲伤过度的话。其实，每个人都生逢其时，每个人都结实地拥抱了自己的时代。每个人，都在厌恶与赞美、冷漠与狂热、怀疑与信任、逃避与亲密中完成了对时代的认领。

更何况，每个人都从周围人堆里找到了恋情和友情，都娶了当代某女为妻，或以幸福名义嫁给了某男，而对方，恰恰是时代的分泌物。

当你说爱一个人的时候，其实说的就是爱这个时代。

除了爱，别无选择。连敌视和诅咒，亦属同样感情。

2

采访中，对方还提了个有趣的问题：能说说"世界"的含义吗？

我犹豫了下，断续表达了这样的意思——

世界是谁的？人类的吗？不，世界至少有两个系统：人间和"非人间"，或者说，社会与自然、文明与荒野。前者是人类自身的成就，诸如国家、民族、政治、经济、文化、伦理等一切文明范畴，这项成就只有几千年；而后者乃大自然的成就，即原始地理和物种繁衍，诸如山岳、湖泽、沙漠、冰川、海洋、生物、矿藏、气候，其历史已达46亿年以上。可你细打量，即会发现这样一个事实，围绕我们身边的，几乎全是人类自己的成就：城乡、街巷、交通、社区、学校、医院、银行、商场、法律、道德……20世纪中叶后的人类，正越来越深陷此境：我们只生活在自己的成就里！正拼命用自己的成就去篡改和毁灭大自然的成就！

可别忘了：连人类也是大自然的成就之一！

有个最新的科学推测：正是19亿年前某瞬间猝现的一种可用阳光生产氧气的细菌，激发出了植物和生命，并彻底改变了地球进化史。而这一瞬间，偶然得不能再偶然，脆弱得不能再脆弱，堪称一个荒唐的奇迹。

许久以来，人类的价值观犯了个大错：想当然地以为世界即人间，即人类领地和家园，实则谬矣。人和万物一样，只是地球的匆匆过客，投宿而已。人不是地球的业主，只是它的孩子，和草木虫豸细菌一样，受地球抚养……你可以视地球为家，但须看到它也是老虎狮子和一棵草的家，它不止你一个孩子，且在它眼里，所有孩子都是平等的，一视同仁。也许它无法阻止你去侵害别的孩子，但会实施最严厉的惩罚，那就是：当它的孩子越来越少时，人——这个野心勃勃的物种也将面临末日，或精神上孤独而死，或肉体上被烈日席卷、缺氧窒息……在自然伦理上，若不能克服"人类中心论"，人终将死于自己，死于欲望的腐败。

人的悲剧尚在于，他凭借强大的智商、逻辑和狂妄，早已把现实给无理地合理化了。

人必须学会节制和谦卑，必须承认占了很多不该有的地盘，消耗了很多不该用的资源。我们目前所有的伦理、美德和情怀，都只对内部成员才适用，一旦越过了物种边界，人类就变成了纳粹，野兽的能量即释放了出来……

我想，也许人类还有一种成就的可能，亦堪称最高成就：保卫大自然成就的成就！只是，留给人类的机会和时日，恐怕不多了。

3

那个阳光和红茶的下午，说着说着，我发觉自己的情绪陡然激烈了，像烧柴一样噼啪响，有点失态。

我清楚，这和哥本哈根有关。那个童话之城，刚结束了一场所谓"拯救人类最后机会"的大会，其悲怆堪比哈姆雷特的台词：活着，还是死去？

就在此前，好莱坞刚推出了末日大片《2012》。而在印度洋岛国马尔代夫，刚上演了一场悲情"行为艺术"：总统纳希德和14名部长佩戴呼吸器，潜入海底召开内阁会，照现在的气候变暖趋势，本世纪内，该国将被海水淹没。还有喜马拉雅山下的尼泊尔，还有沉陷中的威尼斯，还有斐济人的哭泣，还有乞力马扎罗的雪，还有极地冰层和北极熊的忧郁……

然而，这却是个让人类蒙羞的政客大会。13天里，上万名代表围绕所谓"共同而有区别的责任"吵得面红耳赤，一群孩子为赡养母亲讨价还价、唇焦舌燥，不外乎义务的大小、摊派的多少……这是怎样的不敬和不孝？他们还把自己当成生存共同体吗？延期一天后，大会终于在遮羞布中落幕了，用"绿色和平"执行干事长库米的话说："如罪男罪女般逃往机场。"

而这13天里，我所在的电视频道每天直播这群人的吵架，不仅充当光荣的看客，还当起了裁判。

关于环境和人类命运，我不想再多说了，我愿借用20年前比尔·麦克基本在《自然的终结》里的声音：

"将来，飓风、雷暴和大雨已不再是上帝的行动，而是我们的行动。"

"人类第一次变得如此强大，我们改变了周围的一切……从每一立方米的空气、温度计的每一次上升中，都可找到我们的欲求和习惯。"

"如果有人对我说，2010年世界将发生极其不幸的事，我会在表面上显示关切，而潜意识里把它撂到一边。"

"我们没有创造这个世界，我们正忙于削弱它。我们需要找到如何使我们自己变小一些、不再是世界中心的办法。"

4

十几年前，在《读书》杂志上看到李皖一篇文章：《这么早就回忆了》。

我只记住了题目。这是一个时代的精神题目。

世界变得太快，眼花缭乱，来不及驻留，来不及回味，来不及告别和回头再看一眼。一眨眼工夫，无数事物只剩下背影，成了往事和收藏。你跟不上，一个敏感者，一个内心喜欢稳定和秩序的人，会痛苦，会失措和迷惘。

伤逝提前降临了，这是对清晨的怀念。

现代人过早地进入了心灵黄昏。

大约10年前，我写过一篇文章，《古典之殇》，主题是：当我们大声朗读古典诗词时，殊不知，那些美丽的乡土和自然风物、那些曾把人类引入美好意境的物境，已荡然无存；现实空间里，我们找不到古人的精神现场，找不到对应物，连遗址都没有……古诗词，成了大自然的悼词和殇碑。

其实，何须祭奠古诗，何须凭吊人类童年，连我这代人的儿时记忆也被摧毁了：那些草长莺飞、鱼戏虾翻，那些青山绿水、星河灿烂，那些夏夜流萤、遍地蛙声，还有古老的祠堂、绕村的小河和隆重的民俗……皆一夜间蒸发了。从乡村到城市，每个人的故乡都在沦陷，每个归来的游子都成了陌客。而这，远非"发展""进步""新貌"等词所能遮掩得了的。

有个写作构想我频频给朋友提起，我说你们拿去写吧，一个非常有意义但我无暇顾及的题目，那就是：对比古代生活和人类童年，搜索一下我们今天究竟丢失了什么。用美学的眼睛，用心灵的触角，用自然和人文角度，列个清单，慢慢建档，别急于评论……我说你知道古人取什么水煮茶吗？江河水！《茶经》中，它的名次排在井水前；我说你耳朵里还住着寂静吗？你读"长安一片月，万户捣衣声"的感受是什么？我觉得那会儿的夜真静啊！我说你有多少年没见萤火虫、没遇到过黑夜了？真正的黑夜！我说你见过蹦蹦跳跳自己上学或放学的城市孩子吗？我们那代人全是在这条路上长大的呀！我说这些年，你见过一只登堂入室的燕子吗？你见过一只自然长大的鸡或猪吗？你尝过不喂化肥农药的蔬菜吗？你吃过自己种的哪怕一丁点粮食或瓜果吗……

是啊，这么早就开始怀念了。

说上述话的时候，我30岁。

5

人是高于大自然的吗？文明是以摆脱自然性为标志的吗？

我不承认。和社会复杂性、文明的深邃与诡异相比，我越来越支持人的本位落户于自然，和草木鸟兽没什么两样，唯一差异即人能更深刻地领悟这点。正像霍尔姆斯·罗尔斯顿所称："生命是自然赋予人类的，我们有着自然给予的脑和手、基因和血液中的化学反应，我们生命内容的百分之九十仍是自然的，只有剩下的那点属于人为。"

距狄更斯100年后，他的话被另一个人所复述——

"我们生于一个野蛮、残忍，但同时又极美的世界。判定这世界无意义成分还是有意义成分居多，这由个人性情决定……我珍视这样一种渴望，即有意义的成分将居主导，并取得胜利……有这么多东西满溢了我的心：草木、鸟兽、云彩、白昼与黑夜，还有人内心的永恒。我越对自己感到不确信，即越有一种想跟万物亲近的感觉。"（卡尔·荣格）

与狄更斯的政治民生之传统社会矛盾相比，作为心理学大师，荣格把现代人更隐深的精神困境和灵魂危机，抖搂出来。对21世纪的我来说，荣格的感受来得更强烈和清晰，更贴近我的日常状态，仿佛每天醒来要说的第一句话，也是我与自己对话时最重要和频繁的内容。

责备和爱，尖锐与温情，落魄和信心，是我对当代的基本态度，如此矛盾又如此和谐。幸运的是，与荣格一样，我内心常涌起一股"永恒"和"安宁"——当我把双脚插入泥泞和草丛时，当我觉得生命像蜻蜓稳稳落于枝头、落在本位上时。

那一刹，我知道自己是谁，我从哪里来，到哪里去。

那一刹，我清楚了生命真相，世界真相，灵魂真相。

当真相大白，当事物恢复了它的本来面目，惶恐和悲伤就散去了。

正像海子的醒来："从明天起，做一个幸福的人，喂马，劈柴……从明天起，关心粮食和蔬菜……"

6

关于这本书，再说点什么呢。

让我想想，我为什么要写它。

它大概基于这样一个印象——

造物主最初颁发给人类的世界——那个"原配的世界"，那个天光明澈、风物灿烂的世界，正渐行渐远。无数草木和生灵消逝了，似乎只剩下我们自己。

大自然身负重伤，古老的秩序和天然逻辑被破坏，乃现代化之最大恶果。它冒犯的不仅是神性，损害的不仅是生态和资源，更有精神美学和心灵家园。物性决定人性，物境塑造心境；物移则心移，物改则心易；人之灵源于山水之灵，人之德师于草木之德。所谓"人心不古"，皆因江山不古、万象不古。

我们损失惨重。许多疼痛和惊悚要等未来、待神经复苏之后，才发出一声巨响。

原配的世界，人类的童年，真的结束了。

此乃天大的事，值得人类号啕大哭的事。

我们真要好好回忆一下，给自己一个郑重交代了。

前面我提到，曾反复向朋友推荐这条精神线索，但多年过去，发现竟还空着，只好自己来做了。其实，这是个很长很长的清单、很大很大的地图，除了消逝的风物资源，还有人生和心性的方方面面，我做不完，一群人也做不完……

总之，这是一本追溯古典、保卫生活的书。

一本修复记忆、唤醒感官和心灵美学的书。

我的注意力将从自然细节开始，从那些曾经来过却消逝的风物开始，从那些被人类辜负的美好元素开始，从儿时的记忆和笑声开始，比如荒野、河流、泉井、水桥、城丘、荒野、寂静、黑夜、流萤、虫鸣、鸽哨、燕巢……比如农历、节气、故乡、劳动、脚力、街坊、漫步、放学路上……

它们被丢弃和典当了。有的或许能赎回来，有的则永远不能。

但我不承认这是本悲观的书，因为我是怀着爱和暖意来写的。

在那次采访的尾声，被问道：你对未来的希望是什么？

我说，我希望人间重建美好的秩序，我希望大自然恢复古老的面目。

最后，借海明威的话结束这篇不知从何谈起的序言吧——

"这世界很美好，值得我们去奋斗！"

2010 年 1 月

做一个有
"文化"的人

　　所谓"文化"，即祖祖辈辈积
攒的那份家业，即光阴深处的那股静
气和定力，即历经淘洗留下的那套规
则和标准，即万变不离其宗的那个
"宗"。正是这个"宗"，给我们提
供了一种身份认同，没有它，我们即
不知自己是谁，即没有身世和渊源，
即缺少生命来历和基因支持。

有知识不等于有文化，知识教育不等于文化教育。

经史子集是国学典籍，是知识文本，但传统文化不拘于此，文化比文本要大得多，其真正载体是生活本身，是生活哲学、生活美学、生活习俗和生活细节。

文化的真正用途，不是用来记忆和考试，而是用来托举生活，是陪你度过整个人生。

木心有首小诗，叫《从前慢》，"记得早先少年时，大家诚诚恳恳，说一句，是一句。……从前的日色变得慢，车、马、邮件都慢，一生只够爱一个人。从前的锁也好看，钥匙精美有样子，你锁了，人家就懂了。"

在今天看来，这些细节和特征叫"美"，叫"诗意"，但在彼时，它就是一种生活方式、一种朴素至简的生活契约，即"过日子"本身。"诗意"是后来的事，是光阴的力量。作者写它，我们读它，就是温习那份生活，温习其中的那份常识，并向那古老的契约精神致敬。

其实，这就是文化，文化的背影。

所谓"文化"，在我眼里，即祖祖辈辈积攒的那份家业，即光阴深处的那股静气和定力，即历经淘洗留下的那套规则和标准，即万变不离其宗的那个"宗"。正是这个"宗"，给我们提供了一种身份认同，没有它，我们即不知自己是谁，即没有身世和渊源，即缺少生命来历和基因支持，不知"从哪里来，到哪里去"。

较之俗称的"发展""前行"，文化即拖时代后腿的那股定力，那具尾巴。它是一种反向力，是一种制约冒进、防止脱缰的力量。汽车有油门和加速系统，更有减速和刹车装置，文化乃后者。它类似松鼠的尾巴，拖着你，纠正你，给你压阵。没这尾巴，你的跑、跳、变向、稳定性，都有问题，你会没有前途。

文化的特征，一曰旧，二曰慢。

旧就是古老，它帮我们收藏光阴和记忆。有个词很贴切，叫"古稀"，越古的风物越稀少，老房子、老村落、老字号、线装书、繁体字、长者、古董、碑帖、祠堂、族谱、习俗……都是"老"的载体。我们现在的问题是不够老，老物件太少。我们很多的"老"都是非正常消亡的，"破旧""反封""割资"，把无数的"老"扔进了火堆。如今，城乡乱改造也是个悲剧，很多"古"被篡改或清空。

慢，即舒缓、耐心、从容，它表现为对细节的迷恋、对节奏的控制、对秩序的遵循。纸质阅读意味着慢，鸿雁传书意味着慢，笔墨纸砚意味着慢，手工馒头意味着慢，徒步和自行车意味着慢……现在的问题是太快、太疾匆、太日新月异，来不及驻足，来不及凝神，一切进入了快餐年代。那种慢慢读一本书、慢慢写一封信、慢慢爱上一个人的生活，越来越远。

木心那首诗，留恋的就是那种生活。留恋，不是折返，不是退回去，是珍惜，是为一路走来却丢了家传、丢了信物而遗憾。

在一篇文章中我说："变和巨变是一种意义，不变和少变也是一种意义，甚至蕴藏着巨大的未来价值。"文化就是那种不变和少变的东西，它意味着某种稳定和永恒的指向性。

现代教育，不仅要培养知识人，还要培养文化人，培养热爱文化且用文化来走路和生活的人。

如今国学盛行，不少小学和幼儿园也开始"诵经"，甚至读了"经"后被要求给父母洗脚。须留意的是，我们常借传承文化之名来行知识消费之实，常把文本当文化来传授、当课业来考试。尤要警惕的是，莫把"国学"当教旨，莫把它的全套价值观当成严苛的道德律令和训诫，要知道，在现代语境下，国学不需要"立威"，它应该是朴素、温和的，而非玄奥严厉、让人生畏的东西，它所有的价值观内容，都应以价值观选项的形象摆在孩子面前，而不再是权威，不再是真理，更非新教旨和新意识形态。

传统文化，应给现代人提供更多的精神舒适性和心灵自由度，而非相反。

对于未来世界，许多年前，朋霍费尔曾预言："在文化方面，它意味着从报纸和收音机返回书本，从狂热的活动返回从容的闲暇，从放荡挥霍返回冥想回忆，从强烈的感觉返回宁静的思考，从技巧返回艺术，从趋炎附势返回温良谦和，从虚张浮夸返回中庸平和。"

我基本赞同，这是很乐观的憧憬。

2015 年 3 月

那些消失的年轻人

——序同事新书兼告别央视新闻评论部

如果你处在一个沸腾的时代，那你必须听到并依从它的召唤。

做传媒，三十岁前靠技术，三十岁后靠信仰。对年轻人来说，要把初衷变成专业；于中年人而言，要把专业做回信仰。

那天，遇一条微博，标题是《传媒史上的今天》，它写道："《焦点访谈》创办于1994年4月1日，是以深度报道为特色的述评性栏目，也是当时央视收视率最高的节目之一。1998年10月7日，朱镕基总理到中央电视台考察，与《焦点访谈》编辑记者进行了座谈，并破例题词：舆论监督，群众喉舌，政府镜鉴，改革尖兵。"

　　文字下方配了照片：朱镕基伏案挥毫，一群年轻人围着，身体挤得有点紧，目光追着总理那支笔。

　　转发很少，与其信息分量不太相称。我看了下评论，见有人感慨：那会儿的白岩松多年轻，竟有点儿青涩。

　　是啊，多年轻！我心底也涌出这仨字。

　　如今，老白已成熟得金黄了。我在一篇文章中说："他有成熟的价值观，有自己的语言系统……在和体制寻找接口、组织有效对话上，他尽力了。他的语言很体现糖衣设计，圆润中有尖锐，防守中有侵略，有时已脱了'衣'，基本裸了。正因为这种分寸把握、建设的诚意、口型口吻的稳健和关键词的牢固，使得他的话——不带敌意但也不怎么动听的话，体制和被批评者都能听进去。中国需要这样的角色，等我们走出很远，回过头，会清楚这种角色的意义，会把一部分掌声给他。"

白岩松，也是白岩松们。

那天，遇一条微博，老同事李伦转了徐泓老师的《陈虻，我们听你讲》摘录："我很感谢我的职业，因为传媒的作用使我们个人的努力被放大了，能够影响更多的人，所以，我认为当别人赞美你的时候千万别拿自己当人，当想到你的工作成果有上亿人在观看的时候，千万别拿自己不当人。"

接着，他复述了陈虻的一段话："当制片人时，我觉得我们离生活很近……可是前两天我回家，看着车窗外，觉得生活非常陌生，因为我们不断地研究和解决自己很小天地里的问题，因为忙碌而感到空虚。原本我们有自己的愿望，但当我们做得太多的时候，那种愿望已经成为能够正常地播出、尽量地少改，这似乎成了我们唯一的理由。"

"因为忙碌而感到空虚"，精神上有空位，内心有井要填，说明体察者的敏锐、警觉，这是智者的危机。而真正的糟糕是：因为忙碌而感到充实。

有时，体力上的疲惫，那种满满当当、被完全占有的感觉，那种跑步机上的流汗，确能自我欣慰。这是体力劳动的骗术，汗流浃背后，身体结满简陋的果实，饱和而无意义，懒惰的丰收。很多时候，光阴和成绩即这般被肯定的。

手机里有条短信，至今未舍得删，来自李伦，四个字：

"陈虻走了。"时间是 2008 年 12 月 24 日凌晨。在纪念陈虻的一篇短文里，我说，"凡理想主义者，都是青年。在我眼里，陈虻永远是个青年，这是一个青年的死，他被青春永远收藏了。""我珍惜、敬重这个人，并非因其优异，而因他代表了一种生命类型、一种生存路线、一种精神命运。他的起落，他的飘逸和负重，他的弧度和笔直，他的积极和保守，都代表了一群人的命和运。他像个标本，像块碑。"

陈虻，也是陈虻们。

那天，遇一条微博，谈的是新闻技术，用了很多国际标准和自己的标准，观点纯粹，完美而闭合。读罢，我感慨了几句："新闻的专业主义，意味着理性的健全、工具的精准、技术的完善，但若无信仰和理想的支持，同样可沦为一个华丽的掩体，沦为玩具主义的愉悦和自我修饰的虚荣。最重要的，你用专业干什么？想干什么？干了什么？"

如果你处在一个沸腾的时代，那你必须听到并依从它的召唤。

电视新闻人或缺的，往往即技术之外的东西，跟着电视学电视，把电视当全部业务，很少研究当代，很少理性思考，很少精神对话，当经验和技术结业后，由于没有思想资源和认知储备作支持，没有理想主义打算作驱动，往往即走不动了，发育终止。智识可以完善，技术可以修补，但人与人的差异在于源头，在于愿望，在于直觉，在于业余精神，在于让生命欲罢不能的那个东西。

做传媒，三十岁前靠技术，三十岁后靠信仰。对年轻人来说，要把初衷变成专业；于中年人而言，要把专业做回信仰。

有次，参加某媒体评奖，表达了这样的意思："我们不应忘记一个常识，新闻是有用的！要清楚每个选题在当代生活中的位置，要清楚它的敌人是谁，它要改变什么。做新闻，就是和这个时代的疾病打交道……"我的意思是，媒体的使命即作用于社会，你的选题不只对"新闻"负责，更要对新闻价值和社会效应负责，要把一个新闻变成有价值的新闻，要把一个有公共价值的新闻做成有独立价值的新闻，要把一个时效新闻做成一个有生命力的新闻……你要基于对时代的认知和义务来判断并完成一个选题，你要在时代的地形图上标出自己的位置，而非漫山遍野、游兵散勇式地打游击、放冷枪。

每档节目，每期杂志，都要有自己的"注意力"，不要只顾凑热闹、赶场子。同时，媒体间应有缔结共识的默契和愿望，形成规模效应和追击力，进而实现"公共视线"和"时代注意力"，最重要的，要追求效果，追求社会细节的实质性改变。

有家曾喜爱的杂志，现在不怎么看了，原因即它的选题出了问题，你把它一年到头的选题当月历挂墙上，发现挂不住，没有头绪，没有企图，没有目录感和规划性，全是即兴和盲动。或许，它在每期产品中都投入了思考和方向，但整体上，在对时代的刻画上，没有自己的注意力，如此一来，即缺了意义和意图，气象与格局都显小。

选题本身即属于价值观，即注意力。做《看见》节目时，我在清华新闻与传媒学院做过一次讲座，题目即《看见什么，怎样看见》，我重点表达了选题标准和进入角度，我说，"注意力是第一价值观"，就像一个人的目光，在一个光怪陆离的时代，你"看见"了什么？在一个纷繁复杂的事件中，你又"看见"了什么？其视野、视力、视角，代表了你的方向感和关怀力，更代表了你的立场、信仰和价值主张。互联网引爆了传播，也招来了聚集，这是个注意力高度雷同和相互抄袭的时代，被忽略的东西很多，缺失项很多，对"重要"的理解、发现、开掘和宣扬，往往是一档节目、一张版面的底色。

那天，遇一条微博，同事刘楠的，她为一位抑郁症患者的遭遇鸣不平，不仅声援，更以直接的行动介入救助，这样做，和她的节目无关，和身份也无关。

但和信仰有关，和新闻理想有关，和生命气质有关。所以，当她谢我帮助转发时，我回复说："我要向你表示敬意，若一个媒体人一生只完成职业角色和分内的事，那是有遗憾的。在你身上，我看到了良知在生活中的位置。也许你无法改变胜负，但你可改变绝望。若一个人对全世界都绝望，那所有人都是有罪的。"

当年和李伦做《社会记录》时，刘楠是年龄最小的编导之一，印象最深的，是她的勤奋、安静和聆听，虽然年轻，但她身上有一种严肃而执着的东西，在我眼里，这是一种精神上的端庄，这样的人，适合做记者或律师，因为她对生命不撒谎。后来，她去了新创的《新闻1+1》，看她做的节目多了，我对身边人感叹，刘楠进步真大。这种进步，除了专业，更来自认知，她在寻找和发现社会，她对时代有了自己的注意力和兴趣点，她对人群有了义务感，她在尝试发挥作用。

几个月前，当她把一份电子版的书稿发给我时，我吃了一惊，这么周细的观察和积累，这么大的笔记工程，竟是一位准妈妈在孕期完成的。最感动我的，是她对"南院"的情怀，那样的刻骨铭心堪称"爱情"，不仅深沉，而且忠诚，让人动容。

读稿之余，我也重新打量起这座"南院"来。

它让人怀念的气质是什么？它的精神徽章是什么？

见仁见智。在我看来，大概是理想主义罢。

很巧，前不久，有报纸邀我谈谈"八十年代"，我所用最多的即这个词：理想主义。

"八十年代的典型特征，即人群中汹涌的理想主义。时代的脸上有一股憧憬的表情，每个人都相信未来，每个人都正值青春，每个人都自感和国家前途有关，每个人都愿把自己交付给某种东西……如果说时代是一艘巨轮的话，八十年代，每个人都涌向甲板，站在船头上，没有人躺在舱底睡大觉……""那些曾经的年轻人，那些清晨里的人，哪儿去了呢？看今日之人，仿佛生下来即老了，他们被喂了什么样的乳汁？""理想主义者通常是忧郁的，但要哀而不伤，可以愤怒，但不能绝望。理想主义不是埋头沉溺，它富于行动，要做事，要追求改变。它要赶路，披星戴月，风雨兼程。"

理想主义，尤其社会理想主义，确是"八十年代"最显赫的精神特征。

20世纪70年代，捷克作家伊凡·克里玛在回答为何不出国时说，"因为这是我的祖国，这儿的人和我讲的是同一种语言……对国外那种自由生活，因为我没有参与创造它，所以不能让我感到满足和幸福。"

"没有参与创造它"，这是最打动我的。一个人，若只有生活理想而无社会理想，是难称理想主义者的。相信这个国家与己有关，相信自己是这个时代的一个构件，相信自己的努力是有价值的……

王尔德说："我们的梦想必须足够宏大，这样，在追寻的过程中，它才不会消失。"

没有宏观，做不好微观的事。

回头想，新闻评论部以《焦点访谈》和《东方时空》为标志的黄金时代，虽晚于八十年代，但也正是社会理想主义向职业领域和实际岗位的某种转化与能量释放。它不仅形式突破、技术创新，更重要的，它披覆使命、自我器重，它听从一种"到船头上去"的召唤……它相信新闻是有用的，自己的工作是有用的。对社会保守力量，它有一种天然敌意，有一种挖掘机和铲车的进攻性。当然，它有发动机和马力的支持。

那个时候，就评论部栏目而言，宏观和微观做得都很好，配置也合理。自称"一本电视杂志"的《东方时空》，即同时做到了宏观和微观——后者比如"讲述老百姓自己的故事"，不仅技术上相互滋养，意义上也打通了，连成一片，彼此注脚。

刘楠嘱我作序，委实勉强。论涉深，她或我都不具描述"南院"的优势。但她还是做了，做了她目力所及、精神可抵的事。她是凭着热爱来做的，在她对团队和往事的描述中，你能觉出一份痴情、一份报效的忠诚，那份爱如此滚烫、笔直，乃至我觉出了自己的温差，略生愧意。

刘楠笔下，作为评论部大本营的"南院"，不仅是个地点，不仅是央视老楼南边胡同里的一个院子，更是一个精神名词，是一个包含了理想、专业、阵营、偶像、变迁、荣辱等元素的集合。读那些文字，读那些熟悉或生疏的人和事，不禁想起爱伦堡的那个书名：《人，岁月，生活》。

是啊，这么早就开始回忆了。

它帮我回忆，也陪我告别，在"南院"即将搬迁之际。

这座曾吸引无数人慕名而来、无数人满载而去的院子，这座曾接纳过无数青春、激情、失意与骄傲的院子，即将被新的物质和情感替代。

这是一部梳理个人成长的书，也是一部向前辈致敬的书。是纪念，也是追随。让我们感谢这位年轻人，感谢她的情怀和记性，她让我们有机会温习并端详自己，并把尊严颁发给了众人，颁发给一个地点。

让我们悄悄把尊严佩戴好。

突然想起几句歌词：

"谁来证明那些没有墓碑的爱情和生命，雪依然在下那村庄依然安详，年轻的人们消逝在白桦林……"

"南院"搬家的那天，空了的那天，也应有一场雪，纷纷扬扬，像往事。

2012 年 10 月 28 日